D0908559

Poète à la barre

DU MÊME AUTEUR

La Belle Vie ou les aventures de Mr. Pyle, Gentilhomme,
    Gallimard, 1998.
Roman russe, Gallimard, 2002.
Charlemagne, un père pour l'Europe, Payot, 2004.
Waterloo, Flammarion, 2005.
Le Jour des barbares, Flammarion, 2006.

Alessandro Barbero

Poète à la barre

roman

traduit de l'italien par Thierry Laget

Titre original : *Poeta al comando.*

© Arnoldo Mondadori Editore S. p. A., Milano, 2003.
© Éditions du Rocher, 2007, pour la traduction française.
ISBN 978-2-268-06277-8

1

Le dîner Cosulich

« C'est tout de même un monde : voilà que je viens de prendre une ville, et je suis toujours à sec, gémit Gabriele. Ce XXᵉ siècle, quelle époque prosaïque ! Assurément, ça ne se serait pas passé comme ça sous César Borgia, ou... ou sous Frundsberg », décréta-t-il après un instant de perplexité, fâché de ne pas trouver plus promptement en sa mémoire d'autres noms de conquérants illustres. « Ceux-là, quand ils avaient soumis une ville, ils fourraient plein d'or dans leurs poches, ou dans ces beaux coffres à double serrure ; oh, des coffres, j'en ai, mais je les ai dénichés chez les antiquaires, et, d'ailleurs, ils sont vides. Il est vrai que, quand ces gens-là entraient dans une ville, c'était à cheval ; et que lorsque, avant l'assaut, du haut des collines environnantes, ils contemplaient leur proie désarmée alanguie à leurs pieds, ils étaient debout dans les étriers ; alors, les flancs de la bête répondaient – oh, comme ils répondaient ! – au frémissement luxurieux qui leur parcourait les reins : moi, je suis entré là confortablement, en automobile, avec mes lunettes de mica et une écharpe autour du cou pour ne pas prendre froid. Est-ce pour rester dans le ton que, au lieu de passer mon temps en ripailles dans des cathédrales profanées, je suis condamné à moisir au milieu des paperasses ? » soupira-t-il ; et moi, bouche cousue.

Il jeta un coup d'œil découragé à la montagne de rapports et de livres de comptes qui s'étaient accumulés sur le bureau, puis recommença à divaguer. « Ah, pour sûr, quand on y songe, prendre une ville, aujourd'hui, c'est un jeu d'enfant, mais c'est la garder qui est un vrai casse-tête ! Tu t'casses la binette ! Heureusement que, nous autres, on l'a dure, comme disait ma pauvre maman : Gabbrié, toi, t'as la tête en bois ! parce que, si elle était pas en bois, à l'heure qu'il est, tu veux rire, toute la sainte journée à additionner des tonnes de farine et de charbon, à rationner le sucre et le pétrole ; et, pour finir, dîner avec les financiers. Je voudrais les voir à ma place, ces grands capitaines de jadis. Oui, pensez un peu ! Ceux-là, les financiers, ils leur fixaient rendez-vous à la campagne, sur quelque mauvais chemin peu fréquenté, et les financements, ils se les faisaient donner à leur manière ! Maintenant, on imagine les criaillements si l'on dépêchait un détachement d'*arditi* pour se saisir du sénateur Cosulich et lui mettre le poignard sous la barbe : pourtant, c'est bien ainsi qu'il faudrait pratiquer avec un chien de cette espèce, au lieu d'aller dîner chez lui et de faire la cour à madame... »

Il interrompit son monologue sans aucunement prêter attention à moi, alla s'accouder au rebord de pierre de la fenêtre, et, songeur, contempla le silence du port, qui s'étendait, désert, en contrebas. Sur les jetées abandonnées, on ne voyait ni porteurs ni marins, rien que des chômeurs qui paressaient et se réchauffaient au maigre soleil ; et quatre grues d'acier, elles aussi au chômage, qui commençaient à rouiller, tendant vainement leurs bras décharnés vers la mer. Lorsqu'il avait pris possession du Palais, le Commandant avait considéré comme un heureux présage le fait que les fenêtres s'ouvrent ainsi sur le port, que l'eau de l'Adriatique vienne presque lui lécher les pieds, comme une chienne fidèle ; mais, à présent, le sempiternel spectacle de ces grues paralytiques lui était insupportable. En chacune d'elle, il croyait reconnaître le bras vengeur de l'Association industrielle, celui de la Ligue des commerçants, celui du Syndicat des dockers, levés pour le maudire à cause des effets du blocus. « Eh oui, reprit-il, quand ces palans fonctionnaient, il suffisait d'un cargo à quai, et les Cosulich s'en mettaient plein les poches : tant de balles de coton, tant de café, tant de milliers de francs ; faire de l'argent, c'est facile pour ces capitalistes, ça leur pleut directement dans le portefeuille. Maintenant, il joue à celui qui a sauvé Fiume de la famine, sous prétexte qu'il finance les soupes populaires, qu'il distribue des patates... et moi, je dois aller dîner là-bas en grande pompe. Un emmerdement solennel ! Il faudrait vraiment que j'y aille avec un détachement d'*arditi*, dix ou douze de ces garçons doués d'un solide appétit, qui ont l'air de ne jamais avoir assez de l'ordinaire, ils lui rafleraient tout ; il est tout honoré d'inviter le Commandant à sa modeste table, mais les *arditi*, non, ceux-là, qu'ils restent derrière les grilles... »

Ce n'est pas grâce à ces soliloques, notez-le bien, que je savais pénétrer aussi facilement les secrets de Gabriele. Il y avait aussi des affaires dont il ne soufflait mot devant moi, mais j'en étais quand même informé, et pour moi cela ne faisait pas de différence. Ce n'est pas pour rien que, depuis douze ans, j'étais son secrétaire et son factotum ! Et, sans me vanter, je connaissais si bien les détours de cet immense esprit que j'aurais pu écrire des pages entières comme il les aurait écrites lui-même, mot pour mot. Du reste, vous jugerez vous-même, si l'envie m'en prend ; et vous me direz. Enfin, quoi qu'il en soit, je dus bien lui rappeler qu'il était tard et que la voiture l'attendait pour le conduire au dîner chez Cosulich : et lui, qui cependant avait encore un peu continué de ruminer, déclara brusquement qu'il n'irait pas, qu'il avait changé d'avis. Je soupirai, Gabriele n'avait décidément pas pris la mesure de la situation, il croyait encore pouvoir n'en faire qu'à sa tête.

« Je t'ai déjà expliqué que nous sommes obligés d'y aller, tu l'as promis ! protestai-je.

– Rien du tout ! On n'y va pas ; oh, si tu veux y aller, je ne te retiens pas. Tu n'auras qu'à dire que je n'ai pas pu venir, que je n'ai pas fini de calculer le taux de rationnement de la semoule. Ou plutôt, dis-leur que je suis mort, comme ça ils arrêteront de m'embêter.

– Peut-on savoir ce qui t'a fait changer d'avis ? »

Gabriele me regarda fixement, son seul œil vivant voilé d'une profonde tristesse (qu'il était capable de simuler à merveille).

« Pourquoi me poses-tu cette question, toi qui me connais ? » murmura-t-il, découragé.

Évidemment, je m'emportai.

« Justement, c'est parce que je te connais que je te dis que, cette fois, tu ne peux pas faire machine arrière sous prétexte que l'envie de sortir t'est passée. Enfin quoi, Seigneur Dieu tout-puissant, n'avons-nous pas tous, en ce bas monde, des obligations à supporter ?

– Peut-être, mais pourquoi moi ? répliqua-t-il, sincèrement surpris.

– Parce que ! Parce que, sans les millions de Cosulich, ton gouvernement ne tiendra pas une semaine. Cela ne suffit pas ? »

Gabriele haussa les épaules, du geste de celui qui n'a aucun mal à trouver des millions, chaque fois qu'il en a besoin : et c'est bien pourquoi il les méprise, pourquoi il ne s'abaisse pas à discuter de telles mesquineries. Il regarda autour de lui d'un air nonchalant, puis se dirigea vers le bureau : il voulait me faire croire qu'il avait brusquement décidé de se mettre au travail. Heureusement, il me vint une inspiration.

« Non, attends ! l'arrêtai-je. As-tu déjà vu Mme Cosulich ?

– Non, grogna-t-il. Ce doit être une de ces pythonisses à barbe.

– Pas du tout, répliquai-je, triomphant. C'est encore une très jolie femme.

– Ah oui ? » Il réagit à peine ; et, pour se donner un répit, il souffla légèrement sur son monocle et s'appliqua à l'astiquer avec son mouchoir : il brillait entre ses doigts, comme une pierre précieuse.

« Oui, et je te conseille de faire sa connaissance, insistai-je, devinant que la victoire était à portée de main.

– Et... c'est quel genre ?

– Disons... maternelle » ; et, d'un geste magnanime, j'esquissai une plantureuse poitrine. « Oui, maternelle. En outre, elle voue au Commandant un culte qui, à ses yeux, n'exclut aucun sacrifice.

– Veux-tu que je te dise, Tom ? Tu m'as mis en appétit », conclut-il en éclatant de rire ; puis il cala son monocle dans son orbite. Une femme en vue : dans son œil s'aviva une certaine – et fameuse – lueur fébrile.

Une heure plus tard, assis dans la salle à manger de la villa Cosulich, Gabriele maudissait ma duplicité. Et il ne pouvait pas même m'accuser de lui avoir menti, non, parce que l'épouse du sénateur était encore passable, bien qu'elle ait dû atteindre les quarante-cinq ans ; et elle avait bel et bien le téton plantureux... bref, pour les amateurs, c'était encore un beau morceau de femelle... bon, moi, je savais très bien qu'elle n'était vraiment pas son genre, avec ce crin roux entortillé comme du fil de cuivre et ces manières cannibalesques ; son appétit, elle le lui avait fait passer d'un coup dès l'instant où elle l'avait accueilli sur le seuil, à force de grimaces et de minauderies : avec son physique de générale, cela avait achevé de la rendre ridicule. Ce genre de femme, il le craignait, il l'exécrait, il l'avait toujours évité ; si bien que, ce jour-là, il ne put se retenir, dût-il passer pour un malappris. En nous accueillant, la dame laissa échapper : « C'est un immense honneur que le Commandant daigne nous accorder » ; il sourit, ou, plutôt, émit un petit ricanement antipathique, et rétorqua : « Madame, je vous en prie, pas de chichis entre nous ! Je me demande pourquoi tout le monde se sent obligé d'employer ce langage ampoulé avec moi. » Et il évoqua une autre dame de Fiume, qui, à la fin d'une réception, comme, dans l'antichambre, il restait une casquette galonnée dont on n'avait pas retrouvé le propriétaire et que Gabriele était le dernier invité à prendre congé, la maîtresse de maison, donc, désignant la malheureuse casquette, avait roucoulé : « Serait-elle vôtre, cette casquette, Commandant ? » Vôtre ! À cette anecdote, le sénateur éclata d'un rire cordial en hochant la barbe, et la dame battit même des mains : tant mieux, ils l'avaient bien pris.

Mais à table, ensuite, ne cessa de croître l'agacement que lui inspirait cette femelle envahissante qui le couvait du regard, comme si elle avait eu l'intention de le manger : d'ailleurs, elle avait réservé le même regard, oh, rien qu'un instant ! au grand plat de sanglier à l'aigre-doux qu'on avait apporté à l'apogée du repas, après les entrées, et la julienne de légumes, et les escalopes – à la financière, précisément. Rien qui pèse ! Après quoi, au moins, elle avait consacré toute l'attention qu'il méritait au sanglier dont elle tirait grande fierté (« C'est la recette d'Artusi, vous savez, Commandant ! ») ; allons donc, la servante ayant été renvoyée en cuisine, elle lui avait elle-même rempli son assiette, et, sans rien prendre pour elle, était restée à le regarder manger de ce même œil concupiscent : de quoi vous couper net cet autre appétit, vraiment. De sorte que Gabriele ne put goûter, à grand-peine, qu'une ou deux bouchées de la bête archicuite, et qu'il ne but pas plus d'un verre de tokay ; du reste, depuis toujours, par hygiène, il ne mangeait guère et buvait moins encore. Et d'autant moins depuis qu'il s'était embarqué dans cette aventure. Aux visiteurs, il répétait, et je répétais à mon tour, que, à Fiume, il faisait preuve, pour ainsi dire, d'une frugalité monacale : un exemple pour tous.

À vrai dire, un léger sentiment de culpabilité s'insinuait en moi, même si je n'avais eu recours à la tromperie que pour la bonne cause. La sénatrice était de l'espèce qu'il redoutait entre toutes : celles qui veulent vous faire parler de littérature, d'art. Le cinématographe ! Quelle merveille qu'un tel Maître ait éclairé de son génie cet art de l'avenir ! Et elle ne se démontait pas, non : même quand le Commandant, ayant reposé sa fourchette, déclara clair et net que, d'après lui, *Cabiria* était « un navet ». Qu'on ne pouvait même pas appeler ça de l'art, « si ce n'est, bien sûr, avec ironie. De l'art, oui, comme en voudrait la foule, avide et bornée. Moi, madame, j'ai laissé faire, et savez-vous pourquoi ? Pour gagner cinquante mille lires en trois ou quatre heures, comme dans un vulgaire tripot. Voilà à quoi se résume l'art du cinématographe, mes chers amis ! ». Allons donc, ça ne servait à rien. Et ainsi, pendant qu'il recommençait à astiquer son monocle avec sa serviette de table, pour gagner du temps, et en profitait pour vérifier en louchant si une goutte de sauce de ce maudit plat ne lui avait pas taché son faux col de Celluloïd, Mme Cosulich continuait de l'assurer du respect sacré qu'elle éprouvait pour son art immortel. Le sénateur travaillait des mâchoires, broyant, bouchée après bouchée, les meilleures côtelettes : et pas une pigne, pas un raisin sec n'échappait à sa barbe. En face de moi était assise la fille, une gamine insignifiante, arborant le visage décharné de l'anémique : elle avait repoussé son assiette avec une expression de dégoût et malaxait de la mie de pain entre ses doigts. « Moi, poursuivait la générale, implacable, j'ai lu tous les livres du Commandant. Quel est donc celui qu'il préfère ? »

À cette question, je dressai les oreilles. Je cessai brusquement de mastiquer et tournai les yeux vers Gabriele, avec un imperceptible sourire. Je l'ai déjà dit, je le connaissais mieux que quiconque, je connaissais tout de ses goûts et de ses vices. J'avais parfaitement compris ce qui se préparait.

« Eh bien, madame, déclara-t-il solennellement après avoir trempé ses lèvres dans son tokay et les avoir tamponnées de sa serviette, celui que j'aime par-dessus tout, c'est *Le Silence de la mer*. Je crois que, là, ma poésie a atteint son essence la plus profonde, et je désespère de réussir jamais à la dépasser. Puisque vous avez lu tous mes livres, êtes-vous d'accord avec moi ? »

Le visage de Mme Cosulich s'emperla de sueur, mais elle encaissa bravement le coup.

« Ah, Commandant, si vous saviez combien d'heures j'ai passées avec *Le Silence de la mer*, sans pouvoir me détacher de vos phrases », assura-t-elle. Mais Gabriele, dont le petit œil malin surveillait la tablée derrière le verre du monocle, s'aperçut que la fille avait d'un coup levé la tête et que son visage affichait une expression perplexe, qui s'était lentement transformée en sourire. Comme leurs regards se rencontraient, le Commandant lui fit un clin d'œil, puis reporta son intérêt vers son assiette, afin de cacher le ricanement qui lui venait ; quant à moi, cela faisait un moment déjà que j'étouffais des toussotements dans ma serviette.

« Je suis sûr que Mlle Cecilia n'a pas lu *Le Silence de la mer*, affirma Gabriele après une pause.

– Non, en effet », confirma la jeune fille, avec une pointe d'impertinence.

Je détachai de nouveau le regard de mon assiette et le fixai sur Gabriele, mais cette fois un peu alarmé. C'est alors qu'il me fit un signe qui voulait dire : ne t'inquiète pas, je contrôle la situation, il m'en faut plus !

« Que voulez-vous qu'elle ait lu ? Cecilia lit encore le *Corriere dei Piccoli* ! intervint la mère.

– Maman !

– Et elle a bien raison, décréta Gabriele. Moi aussi, je le lis. Je me suis abonné avant la guerre, et, aujourd'hui, je me le fais expédier à Fiume. On y apprend beaucoup sur l'Italie d'aujourd'hui, et sur la façon dont on éduque celle de demain. Mais je ne doute pas, ajouta-t-il galamment, que Mlle Cecilia n'ait lu bien d'autres choses ?

– Oh oui ! » laissa échapper la jeune fille ; et elle aurait voulu ajouter, gaiement : « J'ai lu tous vos livres, je les sais tous par cœur ! » ; mais elle se souvint à temps qu'elle les avait lus en cachette. « J'ai lu tout Dumas, acheva-t-elle en baissant de nouveau le regard.

– Je vous l'avais dit : Cecilia n'est qu'une enfant, confirma Mme Cosulich, béate d'ignorance.

– *Les Trois Mousquetaires*, voilà un grand livre, décréta le Commandant, sans se soucier d'elle. Avec toutes les cochonneries qui se publient aujourd'hui, il n'y a rien de mieux à faire que de relire Dumas, et moi-même je l'ai relu récemment », souligna-t-il. La gamine rougit de plaisir ; il le remarqua et s'en réjouit. Cette confusion conférait un certain *charme**[1] à ses traits anguleux.

« Je viens, quant à moi, de lire une œuvre de poésie qui m'a passionné comme je ne l'aurais pas cru possible, débita tout d'un trait le sénateur Cosulich en posant sa fourchette.

– Vraiment ? l'encouragea le Commandant, après un moment de silence.

– La Charte du Carnaro », expliqua le maître de maison, d'un ton sec. Aïe, nous y voici, pensai-je. Le silence était retombé dans la salle, aussi lourd qu'une meule, mais ce fut heureusement le moment où la servante rentra pour changer les assiettes, et le silence fut brisé par le cliquetis de la vaisselle et par nos compliments sur l'exquisité

----

1. Les mots ou expressions en italique et suivis d'un astérisque sont en français dans le texte. (N.d.T.)

du sanglier. Quand on servit la galantine, que Gabriele accueillit avec un mouvement de vive satisfaction (mais c'était en raison du secret espoir que le dîner touchait enfin à son terme), l'esprit ulcéré du sénateur lui-même avait eu le temps de s'adoucir. « Oui, mon cher Commandant, reprit-il, en s'efforçant de paraître enjoué. Le Statut que vous avez rédigé pour notre bonne ville de Fiume est peut-être la plus élevée de vos œuvres. Mais, puisque vous connaissez ma franchise, vous ne m'en voudrez pas de remarquer qu'il contient aussi des parties qui ne sont pas viables et qui, au contraire, risqueraient, si on les prenait au sérieux, de nous conduire à la ruine.

– Voyons cela ! l'encouragea Gabriele, méfiant.

– Permettez-moi, commença le sénateur, de faire un préambule ; sur lequel, je crois, s'accorderont toutes les personnes raisonnables de la ville. Fiume, et son autonomie, disons même, s'il vous plaît mieux, son indépendance, ne pourront se soutenir que si elles savent attirer des commerces et des capitaux. La Régence s'appuiera sur ce socle, ou elle tombera. C'est pourquoi il importe peu de prouver au monde qu'elle est belle et juste ; ces propriétés-là, le monde politique ne s'en soucie pas. Il importe de prouver qu'elle est utile à l'économie mondiale ; et c'est pourquoi le Statut, qui, comprenez-moi bien, Commandant, n'en constitue pas moins un idéal, un phare, gagnerait à être modifié. L'article IX ! Vous avez introduit dans la Charte un article entier assurant que la propriété est sacrée tant qu'elle sert l'intérêt collectif, et que, sans cela, elle pourra et devra être expropriée ! Mais cet article est incompatible avec l'activité économique moderne. Dans ces conditions, nous ne pourrons lever aucuns fonds !

– Poursuivez donc, dit le Commandant en haussant les épaules.

– Je poursuis ! L'article XIX, sur les droits des syndicats ! Tel qu'il est rédigé, cet article livrera la ville aux ligues ouvrières. Et cela ne change rien si on ne les appelle pas ligues, mais syndicats, associations ou corporations. Cet article traite les employeurs comme si c'étaient des malfaiteurs à surveiller de près. Eh bien, mon cher Commandant, le monde est vaste, et ces malfaiteurs trouveront d'autres villes à civiliser et à enrichir, abandonnant Fiume à sa populace d'ouvriers.

– Cher sénateur, l'interrompit Gabriele, il me semble que vous n'avez pas grand respect pour vos concitoyens. Or je vous assure que, pendant la guerre, les ouvriers et autres populaces ont autant versé de sang que les capitalistes.

– Mais vous êtes un poète, Commandant ! s'exclama Cosulich. Vous ne les connaissez pas, nos ouvriers ! Vous ignorez comment ils profitent de la pénurie de main-d'œuvre pour rançonner ignoblement les employeurs ! On a bien vu comment ils se sont conduits, dès la déclaration de guerre ! Et croyez-vous que, depuis, repus par des salaires extravagants, ils aient été capables de se civiliser ? Mais vous n'y pensez pas ! Aujourd'hui encore, l'ouvrier et sa compagne vivent comme des porcs dans leur bauge, et dilapident la majeure partie de leur salaire dans les gargotes, à boire du vin ! Et lorsqu'une lueur se fraye un chemin dans leurs cerveaux hébétés, c'est l'idée soviétiste ! Je regrette d'avoir à dire, Commandant, que ces articles de votre Charte semblent avoir été écrits non pas par le héros guerrier de l'Italie, mais par un agitateur bolchevique ! »

Gabriele ricana derrière son monocle. Je le regardais, je savais fort bien ce qui se passait dans ce crâne merveilleux. Mais voyez-vous ça, pensait-il, ils leur ont fichu une sacrée frousse, ces autres fous furieux de Russie. Quelle aventure, là aussi, et j'aurais dû m'y jeter à corps perdu, si je n'avais pas été me fourrer dans celle-ci ! Mais qui sait si je n'en aurai pas l'occasion, tout de même, la vie est longue, et j'aurais tant de choses à apprendre à Lénine ; du reste, ce doit être un homme formidable, et, lui aussi, une tête de bois. Oui, ils ont raison, ces gars qui, dans les bouis-bouis du port, racontent que nous devrions faire comme en Russie : on trouve même parmi eux certains de mes officiers, qui s'expriment en baissant la voix, comme si je ne savais pas parfaitement ce qu'ils pensent ! Oui, faire comme en Russie, et mettre le feu à la barbe du Cosulich...

« Parce que, Commandant, insistait le sénateur, ignorant les nobles desseins de Gabriele, de deux choses l'une : ou la Charte reste ce qu'elle est, et nous offrons à l'Italie et au monde le spectacle d'une Régence complice des éléments subversifs ; et alors nous aurons fait un nouveau – et très grave ! – pas sur la voie de la bolchevisation de l'Italie : pas seulement de notre malheureuse Fiume, mais de l'Italie tout entière, où la bolchevisation est déjà bien engagée comme on peut le voir, par exemple, dans le service ferroviaire, dans celui des postes et télégraphes, dans les invasions de terres cultivées, dans les soviets des usines ; autant de plaisirs dont nous espérions que votre gouvernement nous les épargnerait. Ou bien, voyant que la racaille est sur le point de l'emporter, le gouvernement prend ses responsabilités et, je suis navré d'avoir à le dire, Commandant, mais, en vingt-quatre heures, de la Régence du Carnaro, il ne restera plus que le souvenir. »

Évidemment, Gabriele réagit froidement à cette prophétie. « La Régence résistera, sénateur ; tant que je vis, je tiens Fiume, elle est inexpugnable. Personne ne m'en fera sortir. »

Le sénateur commençait à perdre patience. Ce D'Annunzio est un grand homme, on ne peut le nier, pensait-il, mais il ne comprend rien à rien au monde moderne ; et c'est vraiment une tête de bois, les idées rebondissent là-dessus ! devina-t-il en observant le beau crâne chauve et brillant, qui surmontait le monocle calé dans l'orbite tenace.

« J'espère sincèrement qu'il en sera ainsi, Commandant, acquiesça-t-il en feignant l'apaisement, et que le général Caviglia ne nous contraindra pas un jour à vérifier pour de vrai jusqu'où peut aller la fidélité de vos hommes. Je vous préviens, ces hommes qui, aujourd'hui, vous adorent, parce que vous leur avez accordé toute licence, vous trahiront, vous et vos officiers, le jour où vous les mécontenterez. Et, pour ne pas les mécontenter, de maître que vous êtes, il faudra vous faire leur esclave. Ah, sans doute le Commandant pense-t-il : mais moi, ils ne me toucheront pas ! Et en quel honneur, je vous prie ? Pour les Russes, le tsar était plus sacré que ne l'est D'Annunzio pour ses hommes. Et pendant la Révolution française, même, souvenez-vous, les idoles furent renversées les unes après les autres, jusqu'à ce qu'arrive non pas une nouvelle idole, mais un homme qui sut mitrailler la canaille. Toute cette démocratie que vous avez voulu introduire dans votre armée et dans l'État ne peut séduire que la plèbe, et l'on en voit déjà les résultats. Mais les capitaux n'accourent pas là où la plèbe leur commande d'aller !

– Et, sans capitaux, je chuterai ? » demanda Gabriele, narquois. Cette vérité était d'une telle évidence aux yeux du sénateur qu'il parvint à peine à balbutier une réponse : il avait lu trop de traités d'économie pour être encore capable de démontrer ce qui n'a pas besoin d'être étayé par des démonstrations. Le Commandant en profita, avec son instinct de boxeur qui sait mettre à profit la moindre faille dans la garde de son adversaire et le harcèle jusqu'à ce qu'il soit *knock-out*.

« Ainsi donc, voici le fameux, voici le saint esprit national du capitalisme ! exulta-t-il. Ici, les lois ne conviennent pas à nos profits, eh bien nous irons nous installer ailleurs, na ! Rien de plus simple, non ? Et, pendant ce temps, nous laisserons à Fiume prospérer les immondices croates ! »

Mlle Cecilia, qui, jusque-là, écoutait en baissant les yeux et réduisait en minuscules morceaux une tranche de galantine dans son assiette, frémit en entendant ces mots.

« Mais moi, poursuivit Gabriele, à qui ce tressaillement n'avait pas échappé, je crois que, derrière les capitaux, cher sénateur, il y a des cœurs battant, des cœurs italiens, des cœurs d'hommes et de femmes, grâce à Dieu, oui, aussi de femmes, qui sont peut-être plus chauds que ceux de leurs maris et de leurs pères. Ce sont ces femmes que j'ai entendues chanter dans les rues de Fiume, quand leurs hommes étaient enfermés dans les banques et dans les conseils d'administration à calculer leurs profits, et peut-être étiez-vous l'une d'elles, madame, et peut-être y avait-il aussi Mlle Cecilia, pour chanter, comme je l'ai entendu, que les Italiens de Fiume pouvaient être tout, sauf croates... comment disait cette chanson que j'ai entendue le jour de mon arrivée ?

– Croates non ! non ! non ! » entonna la jeune fille, les yeux brillants, allumés par une excitation fébrile. Le

Commandant et moi levâmes en sa direction notre verre de tokay, en souriant.

« Le Commandant croit vraiment que le Croate peut triompher à Fiume ? s'exclama Mme Cosulich, avec un frisson d'horreur.

– Oh ! Qui peut savoir ce qui se passera si je m'en vais ? Le Croatard de l'intérieur complote, confirma Gabriele avec nonchalance. Voilà un peuple que notre race n'est pas encore parvenue à civiliser, ajouta-t-il en haussant la voix : peut-être est-ce parce que, avant mon entrée dans Fiume, il n'y avait ici que des écoles italiennes et des écoles hongroises, mais que, si je ne m'abuse, celles réservées aux Croates n'étaient pas autorisées. C'étaient les Magyars qui commandaient alors, et c'est une autre race féroce. Désormais, c'est moi qui commande ici, c'est l'Italie qui commande, et ces messieurs du Conseil se permettent de critiquer ma Charte, sous prétexte qu'elle accorde à la population croate, comme à toutes les autres, la liberté d'enseigner dans sa langue. On voudrait que le Croate soit analphabète, et l'on s'étonne ensuite qu'il reste aussi fruste et violent ! Et l'on ne voit pas que, si l'on continue dans cette voie, derrière le Croate, on trouvera bientôt le Serbe, avec son couteau bien aiguisé ! Le Serbe devant qui le gouvernement de Rome fait la putain ! »

À ce moment-là, je toussai de nouveau ; mais Gabriele avait gonflé ses voiles, et poursuivit sans prendre garde.

« Oui, chers amis, l'Italie en est réduite à pactiser avec les féroces porchers qui coupent les mamelles des femmes du Monténégro et massacrent les nourrissons au berceau à coups de lardoires, et ici nos capitalistes, les héritiers de saint Marc, sont prêts à déménager leurs capitaux et à abandonner la ville aux porchers, plutôt que de concéder aux travailleurs des usines, aux travailleurs de la mer, ces justes droits que le monde civil tout entier leur reconnaît ! »

Cosulich resta sans voix. Mais regarde-moi un peu comme cet homme sait se tirer d'affaire ! pensait-il. Alors que c'est lui, lui qui, par ses concessions scélérates, par les droits politiques accordés à tous ceux qui vivent à Fiume et dans les environs, sans distinction de nationalité, par le droit d'association donné à la populace ouvrière, qui est en majorité croate, bref c'est lui qui permettra au raz-de-marée slave de submerger notre îlot italien ; et il ne s'en rend même pas compte, parce qu'il s'en moque éperdument, il se contrefiche autant de nous que des Croates, et les droits des travailleurs, il s'en fiche comme d'une guigne, même s'il a inventé ce nouveau truc de tenir des meetings, comme les bolcheviks ; tout ce qui l'intéresse, c'est sa gloire personnelle, son confort, et pour cela il est prêt à sacrifier tout le reste, pressentit le sénateur avec une lucidité nouvelle ; et un frisson glacial serpenta le long de son échine. Et en fait, regarde-moi ça, il a si habilement retourné la situation qu'on dirait à présent que les antinationaux, les traîtres, c'est nous : nous qui nous soucions de la prospérité publique et, oui, aussi, de la prospérité privée ; et voilà qu'Eugenia et Cecilia sont pendues à ses lèvres, il les a hypnotisées.

Et, de fait, les deux femmes observaient fixement le Commandant sans presque oser respirer. Il le savait, et comment ! il jouissait de les tenir en son pouvoir. Il semblait communiquer avec elles par un flux électrique, et il était prêt à parier qu'il savait ce qui se passait dans leurs cerveaux embrasés : la mère et, plus encore, la fille. Celle-là, à n'en pas douter, elle sentait la puanteur des porchers, elle voyait les couteaux s'abaisser et trancher les mamelles, et elle avait sûrement les jambes et le sein qui tremblaient ; mais ce tremblement n'avait rien de désagréable, devina Gabriele, triomphant. Quel âge a-t-elle ? Seize ans ? Dix-sept ans ? La plupart du temps, ces anémiques paraissent plus jeunes qu'elles ne sont, et la plupart du temps elles couvent des brasiers que les jeunes filles saines ne pourraient pas alimenter : il est, dans leur maladie, une fournaise qui les consume, et celui qui sait attiser ce feu peut délicieusement s'y chauffer...

Mme Cosulich elle-même avait remarqué la façon dont sa fille gardait les yeux rivés sur leur hôte, retenant son souffle tandis qu'elle l'écoutait ; et cette extase lui déplut. Heureusement, comme, cependant, nous avions fini la tarte, elle put se lever de table.

« Allons prendre le café. Cecilia, tu vas te retirer, n'est-ce pas ? tu ne t'es que trop fatiguée, ce soir. Capitaine, ajouta-t-elle en se tournant vers moi, voulez-vous donner le bras à ma fille jusqu'à la porte ? Elle est si faible depuis quelque temps, d'ailleurs, tiens, Cecilia, Angiolina va t'accompagner à l'étage. Angiolina, poursuivit-elle à l'adresse de la servante, va coucher ma'mselle et fais attention qui lui manque rien. Attends qu'elle soit endormie, compris ? Après, va dormir toi aussi sans r'descendre, tu débarrass'ras demain », ajouta-t-elle, alarmée, en remarquant que, sur le passage de la grosse fille en tablier, Gabriele s'était attardé à ajuster son monocle (on sait qu'il n'avait pas de préjugés, la chair est toujours la chair). « Commandant, donnez-moi donc le bras, le café est servi », conclut-elle en minaudant, et elle s'ébranla au côté de son prisonnier ; elle était plus grande que lui d'une bonne tête. Elle ignora son mari qui s'empressait de les suivre. Non sans avoir au préalable balayé une miette dans sa barbe.

« *Le Silence de la mer !* » m'exclamai-je tandis que l'automobile redescendait l'avenue en direction de la sombre masse de la ville, presque privée de lumières dans la froidure d'une nuit d'automne. « Très beau, ce titre. Meilleur que celui de la dernière fois.

– Oui », confirma Gabriele, content de lui ; et il fouilla avec le cure-dent à l'endroit où une dent plus cariée que les autres le faisait souffrir. « Ça me plaît, à moi aussi. Peut-être, un jour, l'écrirai-je pour de bon. Dans ce cas, fais-moi penser à en envoyer un exemplaire à Mme Cosulich. »

Minuit venait de sonner quand la porte s'ouvrit sans bruit et que Cecilia, en chemise de nuit et pieds nus, se glissa dans la salle à manger. En d'autres circonstances, le remugle qui stagnait dans la pièce lui aurait inspiré de la répugnance, mais cette fois elle ne s'en aperçut même pas.

Dans la clarté lunaire qui fusait par les persiennes entre-bâillées, elle s'approcha de la table qui n'avait pas été débarrassée, et où s'étalaient des assiettes sales et des restes figés, elle s'assit sur la chaise où avait pris place le Commandant et elle crut même (mais c'était une illusion) sentir encore, à travers la légère étoffe de sa chemise, un peu de sa chaleur qui s'attardait sur le cuir. D'une main tremblante, elle chercha la fourchette du Commandant, la mit dans sa bouche et la lécha avidement. Elle but la gorgée de tokay qui restait dans son verre (sa mère eût été fort surprise de la voir ingurgiter le vin de cette façon, car personne n'avait jamais vu Cecilia boire de l'alcool ; pourtant, dans cette maison, les bouteilles de vin à moitié vides laissées à la cuisine, ou celles de cognac que le sénateur serrait dans son bureau pour en déguster un petit verre après dîner, se vidaient rapidement, parfois même du soir

25

au matin). Enfin, elle trouva un quignon de pain abandonné sur le bord de l'assiette, sur lequel se découpait encore la trace de ses dents : elle l'approcha de sa bouche et, les yeux fermés, passa sa langue là où s'étaient posées les lèvres du Commandant. Puis elle mordit dans le pain avec volupté, l'émiettant entre ses dents et s'étouffant presque, jusqu'à ce qu'elle l'eût avalé tout entier.

2

Quarante-Six Quadrupèdes

Drapé dans sa robe de chambre chinoise, Gabriele était vautré sur l'ottomane, fumant paisiblement sa première Abdullah de la journée. Comme tous les matins, je pénétrai dans son bureau les bras chargés de journaux, de lettres et de télégrammes. Les enveloppes jaunes étaient gonflées, défigurées par un déluge de coups de tampon, comme si les Postes royales se vengeaient ainsi d'avoir à subir un tel affront : devoir remettre son courrier à cet homme qui, là-bas, à Fiume, bafouait l'étoile, emblème de l'Italie, et la troupe ausonienne. Mais il était également possible, pourquoi pas, qu'un employé du bureau de poste d'Abbazia ou un surnuméraire professant en secret la foi anarchiste ait pris plaisir à piétiner de la sorte la figure de Victor-Emmanuel : même si, pour le moment – mais patience ! –, ce n'était qu'en effigie. Égayé par cette pensée, le Commandant me rendit toute la brassée après y avoir à peine jeté un coup d'œil. « Regarde toi-même. Quoi de neuf dans les journaux ? »

Je les feuilletai rapidement : *Il Corriere, La Stampa, Avanti !, Il Popolo d'Italia...* Les occupations d'usine se poursuivaient, dans l'indignation générale ou presque. À en croire certains éditoriaux, Lénine était sur le point de débarquer en train blindé à la gare Termini et de donner l'assaut au Quirinal. Mon œil fut attiré par un entrefilet du *Corriere* : j'étais devenu expert à repérer au vol les articles où apparaissait le mot « Fiume ».

« D'après le *Corriere*, Lénine suit avec intérêt l'évolution de la situation à Fiume, où il prévoit que des soviets pourraient rapidement se former. »

Cette nouvelle le fit éclater de rire.

« Je sais ! Je sais ! Tout cela parce que nous sommes le seul État qui ait reconnu son gouvernement ! Je parie qu'il va bientôt nous dépêcher un nouvel ambassadeur, comme celui de l'an dernier... Tu te souviens ? » Il imita sa voix. « Il *grroyait* me *drromper*, mais il n'a pas réussi ! »

Le Parlement lui-même s'était inquiété des risques d'insurrection soviétiste à Fiume. En réponse à une question, le ministre Giolitti avait assuré que le gouvernement ne tolérerait pas que la situation évolue à Fiume dans une direction révolutionnaire.

« C'est curieux, observai-je, ils refusent l'annexion, mais prétendent quand même décider de ce que nous devons faire ou ne pas faire. »

Gabriele haussa les épaules.

« Que veux-tu que je te dise ? L'Italie est un pays d'histrions. À la fin, c'est nous qui serons forcés de nous les annexer. Peut-être, dans ce cas de figure, les Anglais et les Américains ne trouveraient-ils plus rien à redire. »

Mais la chronique politique contenait aussi des nouvelles plus préoccupantes. Les pourparlers du gouvernement avec la Yougoslavie progressaient à grands pas, et il ne faisait guère de doute que, pour parvenir à un compromis, Giolitti n'hésiterait pas à nous lâcher. Cette perspective ne semblait inquiéter personne ; seule la *Gazzetta del Popolo* prenait ses distances, à sa façon.

« Tiens, regarde ça, ricanai-je.

– Qu'est-ce que c'est ?

– Une formidable intervention en notre faveur.

– Et de qui ? dit Gabriele, intéressé.

– E. A. Mario.

– C'est-à-dire ?

– Allons donc, tu ne me feras pas croire que tu ne sais pas qui c'est », répliquai-je, irrité. Quand il était dans cet état d'esprit, Gabriele aurait fait perdre patience à un saint. « C'est ce type... celui qui a écrit la *Marche du Piave*. Tu l'as entendue, non ? "Le Piave murmura..."

– Mais oui, oui », marmonna-t-il, avec un mouvement d'ennui. Il se redressa, s'assit et écrasa le mégot dans le cendrier. « Fais voir », ajouta-t-il ; et il commença de lire, d'un air renfrogné. On le sait, en Italie, les chansons comptent bien plus que les joutes parlementaires, et c'est pourquoi il faut aussi connaître les dernières qu'on fredonne ! Mais, au milieu de sa lecture, il fut pris lui aussi d'une allégresse imprévue. E. A. Mario avait composé une chanson napolitaine pour plaider la cause de Fiume.

« Non, mais ce n'est pas possible ! Écoute un peu :

On n'est pas venu mourir sur le Piave
Pour après donner Fiume aux Yougoslaves !

Hein ? Est-ce que ce n'est pas de la littérature, ça, mon cher ? Je ne dis pas de l'art, parce que ça, aujourd'hui, je suis le seul à en faire, mais je mets quiconque au défi de me prouver que ce n'est pas de la littérature ! »

Et il répéta, en proie à l'hilarité :

On n'est pas venu mourir sur le Piave
Pour après donner Fiume aux Yougoslaves !

Cependant, je feuilletais la correspondance ; je savais déjà qu'il n'aurait pas envie de s'en occuper, surtout du courrier privé. Mais, de temps en temps, j'insistai pour qu'il lise une lettre, voire, à Dieu plaise, qu'il y réponde : en fin de compte, c'eût été de bonne politique. Mais, avouons-le, Gabriele n'était pas un fin politique.

« Tiens, celle-là t'intéresse ? » proposai-je en lui tendant une enveloppe plus petite que les autres, surchargée de timbres et barrée de la mention URGENT. À l'évidence, son correspondant espérait que, grâce à ce stratagème, sa lettre aurait été prise en plus grande considération ; il se trompait.

« Elle est sûrement urgente pour celui qui l'a écrite, mais pas pour moi qui la reçois », observa Gabriele avec indifférence ; il tira de sa poche un porte-cigarettes en or, frappé de la devise « Hardir, non ourdir », et alluma une nouvelle Abdullah.

« Pas de lettre de nos connaissances ? » demanda-t-il ensuite, dans un bâillement.

Je vérifiai rapidement. « Je n'ai pas l'impression », conclus-je ; et je déchirai une nouvelle enveloppe. Elle contenait une lettre interminable, deux feuillets pliés en quatre et couverts au recto comme au verso d'une écriture minuscule, mais masculine. « Que dis-tu de celle-là ? Ça a l'air important, mais je n'arrive pas à déchiffrer la signature », commentai-je après avoir parcouru le second feuillet ; je la tendis au Commandant. Son regard courut jusqu'à la signature, puis il ajusta son monocle avec lassitude avant de me rendre le papier.

« Je ne connais pas, dit-il simplement. Bon, si c'est vraiment important, il réécrira. Sinon, je me serai épargné l'ennui d'avoir à lire sa lettre. Quoi d'autre ? ajouta-t-il, prêt à se lever.

– Attends, attends, il y en a encore, l'arrêtai-je. Tiens, celle-ci est intéressante. Elle vient du professeur Bock, qui enseigne la phrénologie à l'Université de Cornell.

– Et que me veut ce raseur ? »

Je me plongeai dans la lecture. Le professeur Bock écrivait en français, non sans quelques énormités. Très vite, je ne pus retenir un petit rire.

« Écoute ça ! C'est une circulaire, il l'a envoyée, dit-il, à tous les hommes célèbres de la Terre !

– Par exemple ? demanda Gabriele, soudainement intéressé.

– Voyons voir, la liste figure en bas de la page. Tiens, par exemple, à Barnum, à Kipling, à Marconi...

– À Barnum ! me coupa le Commandant, consterné. Et que me veut cet Américain, que je me produise dans un cirque ?

– Presque ! Il possède, dit-il, la plus belle collection de crânes humains qui soit au monde, et il te prie de bien vouloir ajouter une clause, dans ton testament, par laquelle tu t'engages à lui léguer ton crâne, pour qu'il puisse en faire usage dans ses recherches phrénologiques. Barnum, paraît-il, a accepté.

– Ah oui, vraiment ? » dit le Commandant, qui commençait à s'échauffer. Son monocle s'agitait seul dans l'orbite, lançant de sinistres éclairs. « Bien ! Tu vas répondre à ce professeur que j'accepte sa proposition... »

Cette fois, je l'avoue, je restai bouche bée.

« Oui, j'accepte sa proposition, poursuivit Gabriele, à condition qu'il s'engage de son côté à me faire envoyer son crâne, si, comme il est à souhaiter, il venait à mourir avant moi. Attention, écris exactement cela, et surtout n'oublie pas "comme il est à souhaiter". Qu'y a-t-il d'autre ? » s'informa-t-il, en s'installant de nouveau sur l'ottomane et en fermant à demi les yeux.

À cet instant précis, le planton frappa à la porte. Il apportait une dépêche urgente.

« C'est un message de l'armée royale, expliquai-je après avoir parcouru le papier timbré, avec un émerveillement croissant. Une dépêche du général Caviglia, et je te garantis que ça mérite d'être lu. »

Cette nouvelle ébranla l'indifférence du Commandant, et la vitre devant son œil trembla une seconde. Pendant un instant, vautré là en robe de chambre dans son confortable bureau, avec le bruit du coupe-papier et des papiers chiffonnés qui finissaient l'un après l'autre dans la corbeille, il avait eu l'illusion d'être encore Gabriele D'Annunzio, le poète, dans son appartement de l'Hôtel Meurice, disons en... eh bien, en 1910 : en cette époque bénie où, sur le marché des changes, une lire valait un franc. Au lieu de quoi, et je comprenais parfaitement sa déception, il était le Régent du Carnaro, et l'armée italienne, tout en continuant de lui verser sa solde de lieutenant-colonel, l'assiégeait dans Fiume ; et derrière la signature du général Caviglia s'étiraient des kilomètres de tranchées creusées dans la boue, des rouleaux et des rouleaux de fil barbelé, des bataillons de recrues tondues à zéro et fagotées dans la méchante toile gris-vert de l'armée royale, et autant de mousquetons modèle 91, et encore des canons et des véhicules blindés et des aéroplanes, et des colonnes sans fin de chevaux et de mulets, qui ruminaient, le museau fourré dans l'avoine... ce qu'il en restait, en tout cas, après qu'ils avaient détroussé les fournisseurs et les sous-officiers fourriers... et les autres, aussi, qui léchaient la sauce à même la gamelle de macaronis, avec ce goût de métal froid qui vous agace la langue... oui, tous, tous sur le qui-vive, attendant qu'il fasse un faux pas. Le gouvernement Giolitti voulait sa peau ; mais il ne pouvait le dire, car l'opinion publique se serait insurgée. Du moins, nous l'espérions. Parce que, si jamais Rome cessait d'atermoyer et donnait à Caviglia l'ordre d'attaquer, nous ne pourrions pas tenir une semaine ; et tout le monde le savait parfaitement. Y compris, je crois, Gabriele.

« Alors, que me veut le chef de cette canaille ? »

Je lui tendis la dépêche, qu'il lut en silence. Elle était ainsi formulée :

Commandement général de Vénétie julienne (bureau du général)
N° 156 Prot. S. S.

Trieste, le 10 octobre 1920

À Gabriele D'Annunzio
Nous vous informons qu'il y a quelques jours des rebelles en provenance de Fiume ont razzié, près le dépôt du LXIIIe groupe d'artillerie de Volosca, 46 quadrupèdes (chevaux) faisant partie de l'effectif dudit groupe. Le Commandement ne peut pas ne pas s'élever contre un attentat d'une exceptionnelle gravité et ne pas rappeler aux militaires qui se trouvent à Fiume qu'il ne suffit pas de se prétendre italien en paroles, qu'il faut aussi penser et agir à l'italienne, si l'on veut être italien. Aussi, nous vous avisons que, si lesdits quadrupèdes ne sont pas restitués toutes affaires cessantes au dépôt compétent, toutes communications

entre Fiume et le territoire national seront interrompues d'office,
et le ravitaillement en vivres et en charbon sera suspendu.
    Vive l'Italie !
    Signé : Le général d'armée, commandant des troupes royales
en Vénétie julienne :

    Caviglia.

« Tu as lu ça ? demanda Gabriele, abasourdi.

– Oui, j'ai lu.

– On ne serait pas le 1er avril, aujourd'hui ? » insista-t-il.
J'écartai les bras.

« Pas que je sache.

– Parce que, si on était le 1er avril, tout s'expliquerait.
Je crois », divagua le Commandant, en oubliant le papier
menaçant, « que ce devrait être le jour de la vraie fête
nationale italienne. D'ailleurs, rappelle-moi que, dorénavant, chez moi, c'est le 1er avril qu'on célébrera la fête
nationale et patriotique de la nouvelle Italie.

– Je prends note. En attendant, nous ne sommes pas le
1er avril et cette dépêche n'est pas une farce.

– C'est bien ce qui me surprend. Quand je te dis que
l'Italie est un pays d'histrions ! Bon, saurais-tu par hasard
ce que sont devenus ces malheureux chevaux, ou plutôt
ces quadrupèdes, comme il les appelle ?

– Il y en a quelques-uns qui servent dans l'artillerie,
essayai-je de me rappeler. Et je crois que d'autres ont déjà
été mangés.

– Ainsi, nous sommes des voleurs de chevaux et nous
avons commis un attentat d'une exceptionnelle gravité !
Et lui, en représailles, va affamer la population civile et
il ne nous enverra pas de charbon ! Vraiment, vive l'Italie !
dit le Commandant en s'animant.

« – Qu'allons-nous faire ? Les lui rendre ? proposai-je. Je parle de ceux qui restent, bien sûr. »

Gabriele hésita, prendre des décisions n'avait jamais été son fort.

« Je ne sais pas. J'ai besoin d'y réfléchir. Sortons. Je vais m'habiller. »

Sur ces entrefaites, une chienne pénétra dans le bureau par la porte entrebâillée et vint se frotter contre les jambes de son maître. C'était une levrette à poil ras, blanche avec des reflets bleu foncé, maigre et fuyante comme un ectoplasme.

« Oh, Crissa ! Toi aussi, tu es un quadrupède, le savais-tu ? On ne te l'avait jamais dit ? Pauvre, pauvre Crissa ! » murmura Gabriele d'un ton séducteur : et, cependant, il grattait l'échine de l'animal, lui arrachant des glapissements de plaisir. « Tu es venue réclamer ton biscuit, hein ? » Il se leva et alla prendre dans une petite armoire une bouteille de cognac, en versa deux doigts dans une tasse à café, y trempa un biscuit et le tendit à la chienne : elle l'engloutit en un instant.

« Les lévriers ont besoin que l'on s'occupe d'eux, décréta Gabriele, attendri. Rien ne vaut le cognac et le jaune d'œuf. Il ne me reste que Crissa, mais, quand j'avais un plein chenil, à Paris, tu t'en souviens, Tom ? j'ai gagné aux courses le double de ce que je dépensais en crème et en liqueurs. Il faut savoir dépenser, si l'on veut gagner », conclut-il ; puis, satisfait de cette leçon d'économie, il se dirigea vers la salle de bains.

Dans la boutique de chemises et cravates de M. Fischbein, au rez-de-chaussée de l'Hôtel Europe, Gabriele palpait d'un air méfiant une cravate de soie ; dix ou douze autres, dans des teintes assorties, étaient étalées sur le comptoir.

« Oui, murmura-t-il, hésitant. Mais...

– Mais ? » le pressa M. Fischbein, un petit juif hongrois, en se frottant les mains et en se courbant presque devant le client. Il voyait bien que le Commandant n'était pas convaincu, mais toute sa finesse de commerçant ne suffisait pas à lui en expliquer la raison. Que diable veut-il encore, il m'a déjà mis toute la boutique sens dessus dessous, pensa-t-il, tout en se préparant à entendre le Verbe.

« Enfin, vous n'en auriez pas de plus chères ? » dit Gabriele, dans un souffle. Je m'y attendais, mais pas le marchand ; il ouvrit la bouche, et il s'en fallut de peu qu'il ne chancelle. Mais il se reprit aussitôt : et un large sourire apparut sur sa face obséquieuse.

« Mais comment donc ! Mais comment donc ! Il y a la collection de Lawrence & Co., elles arrivent directement de Londres : depuis la guerre, on n'en importait plus, mais on vient de m'en livrer un lot. Je ne les ai pas encore déballées, vous comprenez, mon Commandant », ajouta-t-il mystérieusement ; et il disparut dans l'arrière-boutique.

Gabriele se retourna, lissant ses fines moustaches, et, naturellement, lut de la désapprobation dans mes yeux. C'était toujours la même histoire : quand le prix était trop bas, il se méfiait, il avait peur qu'on lui refile de la camelote ; puis, quand on lui présentait la note, il traitait le commerçant de fripouille. Comme c'est moi qui, ensuite, devais régler ces notes, j'avais plusieurs fois tenté de le dissuader de mener une telle politique ; mais ce n'était pas si facile. Il me tourna le dos, de nouveau, et fut aussitôt distrait, car deux messieurs, qui venaient de pénétrer dans la boutique et avaient d'abord parlé entre eux en le regardant de biais, retirèrent leur chapeau et s'avancèrent, presque en s'inclinant.

Leur ferait-il l'honneur de leur donner un autographe ?

Le Commandant fouilla dans ses poches, n'y trouva que quelques billets de dix lires froissés, et s'apprêta à y signer son autographe ; heureusement, il se ravisa à temps, s'approcha de la caisse et se fit prêter par Mme Fischbein un bloc des reçus sur lesquels elle notait les dettes des clients. Après s'être informé de l'identité des deux postulants, il griffonna quelques mots et les signa d'un paraphe. Les deux messieurs prirent congé à reculons, éperdus de reconnaissance, sans oser remettre leur chapeau.

« Où que j'aille, on me reconnaît », me murmura Gabriele à l'oreille, en secouant sa caboche. Il feignait d'être exaspéré ; mais il ne put feindre longtemps, et finit par me faire un clin d'œil. « C'est aussi une belle publicité pour la boutique. J'imagine qu'on va m'accorder une remise. »

M. Fischbein, qui, entre-temps, était revenu, porteur d'une boîte de cravates anglaises flambant neuves, avait observé la scène en souriant.

« Et voilà ! dit-il d'un ton patelin en déployant sa marchandise. Nulle part à Fiume vous ne trouverez de cravates plus chères ! »

Gabriele, satisfait, n'y jeta qu'un vague coup d'œil. « À la bonne heure, envoyez-m'en dix douzaines.

– Mais... mais de quelle couleur ? Et de quel modèle ? s'informa le marchand, dérouté.

– Oh, un peu de tout, conclut Gabriele avec nonchalance. Vous n'allez pas le croire : moi, les cravates me font très peu d'usage. »

Je l'attendais à l'extérieur de la boutique : en tant que son administrateur et trésorier, je n'avais pas le cœur à être témoin d'une aussi folle dissipation, et je savais de reste qu'il eût été parfaitement inutile de chercher à l'en empêcher : c'était plus fort que lui, l'argent lui glissait entre les doigts.

« Alors, que fait-on ? Tu as décidé ? » lui demandai-je lorsqu'il sortit, accompagné des courbettes du juif et de sa dame. C'est lui-même qui m'avait chargé de lui rappeler la dépêche de Caviglia : à Trieste, ils espéraient une réponse.

Gabriele se gratta le nez.

« Oui, j'ai décidé. Je vais lui répondre. Nous allons publier la réponse dans les journaux, nous allons rire.

– Fort bien. Mais, à ta place, j'irais l'écrire sans tarder, cette réponse. Si tu veux que le texte soit dans les journaux de demain, il faut le télégraphier dès ce soir », lui fis-je noter.

Mais il secoua la tête.

« Pour l'instant, je n'en ai pas envie. Ma veine créatrice est épuisée. J'ai dû inventer deux dédicaces !

– Mais ces types-là voulaient seulement un autographe ! Tu n'aurais pas pu te contenter d'écrire "Gabriele D'Annunzio" ? » protestai-je.

Le Commandant me lança un regard plein de commisération.

« Tu fais erreur ! De moi, on est toujours en droit d'exiger du rare, de l'inédit. Du dannunzien ! Et ce n'est pas si facile, crois-moi. Bon, allons prendre un café. »

Dames et officiers remplissaient la petite salle du Café San Marco ; les camarades étaient si nombreux que, sur les murs, les miroirs scintillaient de reflets gris-vert. À notre entrée, tous se levèrent en criant *« eja, eja, eja, alalà ! »* pour le Commandant. Il affectait d'être agacé par ces cérémonies, et il faisait non, non, de la main ; mais on voyait qu'il était flatté.

Tandis que nous buvions notre café, je m'étais presque persuadé qu'il était enfin en train de méditer sa réponse. Je le connaissais bien, et je m'apercevais qu'il était absent. Il semblait prêter le plus vif intérêt à la conversation, mais je devinais qu'il n'en entendait pas un mot. Qui pouvait savoir dans quelle région de cette tête immense il s'était égaré ? Car elle abritait un labyrinthe où il n'était que trop facile de se perdre.

Autour de nous, les dames et les officiers discutaient de sujets élevés, artistiques, littéraires même. Naturellement, la bienveillance avec laquelle le Commandant paraissait les approuver avait encouragé ce penchant, il en allait toujours ainsi. Et voilà que, au moment le plus beau, un très jeune sous-lieutenant, à la figure imberbe et rosée, qui n'avait dû déserter les bancs du lycée que quelques mois plus tôt, voulut connaître l'opinion du Commandant, et commença malgré lui, rougissant déjà : « Pardonnez-moi, professeur... » Mais aussitôt il se troubla, en comprenant qu'il venait de gaffer ; Gabriele le foudroya du regard à travers son monocle. « Souvenez-vous que, à Naples, le professeur, c'est celui qui fait des tours de passe-passe », siffla-t-il, glacial. Après quoi personne n'osa plus l'interpeller : on se contentait de sa présence muette et solennelle, comme une pythie.

En le voyant absorbé dans ses pensées, derrière le paravent mobile des scintillements du monocle et de quelques monosyllabes avares, j'étais sûr qu'une riposte fulminante à l'insolente lettre de Caviglia était en train de prendre forme. Sur le marbre de la table, il n'avait pas touché à la tarte ; du reste, c'était une tarte au succédané. De ces gâteaux merveilleux qui, naguère, au début de l'occupation, faisaient la gloire des pâtisseries fiumaines, on avait perdu le souvenir, pour notre désappointement et, même, pour notre plus grande affliction à tous. Plus de Sacher, plus de Napoléon, maintenant que Caviglia rationnait le sucre, mesurait le chocolat.

« À quoi penses-tu ? lui demandai-je à voix basse, curieux de savoir ce qu'il avait cogité.

— Je me demandais, répondit-il, à voix basse lui aussi, ce que pouvait coûter une paire de bas comme ceux que porte cette demoiselle (et il m'indiqua la plus mignonne des jeunes femmes du cercle). Elle doit se fournir chez Bauer. Tu ne pourrais pas lui demander ?

— As-tu besoin de le savoir avant ce soir, ou pourras-tu attendre demain ? » répliquai-je, irrité. Le Commandant éclata de rire. « Allez, ne t'inquiète pas, je sais bien que j'ai autre chose à faire, ce soir. D'ailleurs, tiens, allons-y, ajouta-t-il avec un soupir voluptueux. Allons bûcher. »

Il tint parole : le jour était déjà levé quand il fit irruption dans ma chambre et, sans pitié, alluma la lumière. Heureusement, j'étais seul, et j'avais dormi comme une marmotte.

« Debout, nous avons du pain sur la planche. J'ai travaillé jusqu'à maintenant, et je vais me coucher. Télégraphie le texte à la presse, et fais-en imprimer mille exemplaires. Demain, nos avions les feront pleuvoir sur Trieste. »

Je bâillai, me frottai les yeux, pris le papier et lus :

Son Excellence le général Caviglia nous a accusés d'être des voleurs des chevaux. Et elle a raison.

Émus par l'ennui et la morosité dans laquelle les quadrupèdes de l'armée royale traînent leur misérable existence, nous en avons soustrait quelques-uns à l'oisiveté des dépôts. Nous ignorions leur nombre, mais le connaissons désormais, car Son Excellence en personne les a comptés : il y en a quarante-six.

En parfait Italien, elle s'est crue offensée par notre geste.

Et, tapant d'un poing rageur sur sa table massive, elle nous prévient qu'il faut penser à l'italienne si l'on veut être italien.

Et, d'après la jauge de Son Excellence, on ne peut tenir pour un bon Italien qui a osé voler ces quarante-six quadrupèdes, qu'il souhaite absolument reconquérir.

Cela sera-t-il possible ? Hélas, notre renommée nous a devancés. Hier, nous en avons mangé quatorze, plus efflanqués que les vaches d'Égypte.

Nous voulons à présent lui envoyer les sept plus sept crânes, en guise de trophées, pour apaiser l'ire funeste. Et nous faisons précéder la cavalcade osseuse par ce message de condoléances et de contrition.

Nous avons perpétré une agression à main armée contre les troupes fidèles.

Nous avons razzié Quarante-Six Quadrupèdes.

Nous avons offensé l'Italie.

Nous ne savons pas penser à l'italienne.

Nous ne sommes pas des Italiens.

Nous ne méritons que d'être affamés, menottés et fusillés.

Nous nous résignons.

Mais, pour finir, je dois avouer que, cette nuit, j'ai volé le Cheval de l'Apocalypse pour l'ajouter aux Quarante-Six Quadrupèdes sur la barge criminelle.

Il porte son plus beau harnais ; et une foudre de Dieu dans chaque fonte.

Cum timore.

Gabriele D'Annunzio.

« Chic ! ricanai-je, à présent bien éveillé. Ce sera imprimé dès ce soir. »

Le Commandant allait sortir ; c'était lui, maintenant, qui bâillait. Il ôta son monocle et le laissa tomber dans la poche de sa robe de chambre. Mais il s'arrêta sur le seuil.

« Écoute. Réquisitionne toutes les rosses les plus décrépites et les plus éclopées de Fiume. Après tout, il vaut peut-être mieux finir par les lui rendre. Il en veut quarante-six, il en aura quarante-six. Quel rustre ! On va toute la lui claquer au museau, sa viande de cheval, et grand mal lui fasse. »

Encore un bâillement, et il disparut. Il ne devait pas se réveiller avant le crépuscule.

3

À quoi servent les bouteilles

Ce devait être le milieu de l'après-midi. Je m'étais réfugié, pour expédier quelques dossiers, dans un petit bureau de l'entresol, loin de cette formidable perte de temps, loin de ce dévoreur du temps d'autrui qu'était Gabriele. Il était peu probable qu'il vienne me chercher là, car, une fois déjà, en gravissant l'escalier tortueux, il s'était retrouvé face à face avec une araignée, l'une de ces grosses araignées noires, hargneuses : il avait fait un bond en arrière et, depuis lors, dans la mesure du possible, il ne montait plus jusque là-haut. Ce petit bureau n'était rien qu'un réduit, encombré de classeurs et d'armoires métalliques ; sur l'unique mur libre, face à la porte, se détachait un rectangle plus clair, où était autrefois accroché un portrait de l'empereur. À sa place, pendu de guingois à un clou, un calendrier hongrois de 1918, avec son cordonnet blanc, rouge et vert : je n'avais pas jugé nécessaire de le changer. J'étais assis à la table, sur le bord d'une chaise en cuir râpé, et je tapais avec deux doigts à la machine, une magnifique Remington noire, luisante ; un autre legs de l'administration impériale et royale, et une prise de guerre (par la suite, j'ai emporté cette machine à Milan, où elle m'a encore rendu de longs et loyaux services ; je l'ai perdue, comme la plupart de mes biens, dans les bombardements de l'année dernière, mais cela n'a aucun rapport). Ce n'était pas le travail qui manquait : l'affaire des Quarante-Six Quadrupèdes avait occasionné une telle quantité de correspondances avec l'armée assiégeante qu'il aurait fallu des semaines pour en venir à bout.

C'est pourquoi je fus un peu agacé d'entendre frapper à la porte. « Entrez ! » marmonnai-je, gardant ma cigarette au coin de la bouche. Dans l'embrasure parut la silhouette de Mme Cosulich, un boa jeté autour de son cou musculeux, le souffle court d'avoir monté l'escalier, et suivie d'un vague relent de transpiration.

« Capitaine ! s'exclama-t-elle. J'ai de la chance de vous rencontrer, je me suis perdue ! »

Je protestai que j'étais à sa disposition. Elle venait, dit-elle, rendre hommage au Commandant, et le planton l'avait fait monter, lui certifiant qu'il était dans ses appartements ; mais elle ne l'avait trouvé nulle part. C'était clair : Gabriele n'avait pas envie de la recevoir, mais, au lieu de la mettre à la porte, comme il eût fait avec n'importe qui d'autre, il avait eu l'idée de ne pas se montrer. On le voit, je l'avais scrupuleusement catéchisé sur la nécessité de ne pas mécontenter le sénateur, afin d'éviter qu'il ne referme la porte du coffre-fort : en tout cas avant qu'en soient sortis tous ses millions. Bref, Gabriele s'était défilé ; et, pour couronner le tout, il me fallut plus tard essuyer ses remontrances, sous prétexte que je ne m'étais pas trouvé prêt à lui apporter mon soutien, moral autant que pratique. « Il aurait fallu que quelqu'un d'autre se la farcisse, théorisa-t-il. Comment se fait-il que, avec tous ces plumitifs désœuvrés qui gravitent autour de moi, on n'en ait jamais un sous la main en cas de besoin ! »

Au bout du compte, c'est moi, tout de même, qui dus me charger de la dame ; et lui assurer que le Commandant avait été appelé ailleurs pour un motif urgent, mais que, s'il avait été prévenu de sa visite, etc., etc. (et j'espérais en mon for intérieur qu'elle allait gober cette histoire : la prochaine fois, téléphone-lui pour de bon, on verra bien comment il s'en sortira !). Je pris livraison d'un cadeau qu'elle lui avait apporté, et qu'elle ne résista pas à l'envie de me montrer, ouvrant le paquet où il était enclos : c'était une petite jatte de céramique qu'elle avait fait cuire elle-même et sur laquelle elle avait peint un volatile trop coloré, un paon, sans doute. J'évitai de justesse une gaffe monumentale. Combien d'articles de journaux avaient raconté qu'il rechignait à accepter les présents, quels qu'ils soient, puisque c'est lui qui, de par sa naissance, était destiné à apporter des cadeaux au monde, et non l'inverse ? Rien à faire, il y avait toujours quelqu'un qui n'avait pas lu cela. Tant pis ! Je pris la chose informe des mains de l'artiste, que je raccompagnais très cérémonieusement jusqu'au vestibule. En sortant du Palais, elle se retourna, et son regard exprimait la déception : on comprenait que, lorsqu'elle s'était décidée à venir, elle était prête à tout, et qu'il devait lui en cuire d'avoir manqué sa proie.

Mme Colusich remonta dans sa voiture ; quant à moi, je vous prie de le noter, je n'ai jusqu'ici raconté que ce que j'ai vu de mes yeux, ou presque ; pour ce qui est de fabuler, je ne l'ai fait que très modérément ; mais, en même temps, je m'aperçois que je ne pourrai guère poursuivre sur cette voie. En effet, j'aimerais l'accompagner en imagination jusque chez elle ; et, même, il serait encore plus savoureux de se représenter comment elle en était sortie, peu avant, maintenant que nous savons comment cela s'était terminé.

Quand on en connaît l'issue, la réalité revêt de tout autres couleurs que celles dont elle était parée lorsque nous tâtonnions en son sein, sans rien comprendre à ce qui arrivait. Ainsi donc, je pourrais à présent tout imaginer : comment elle avait fait sa toilette, et comment elle s'était parfumée ; et combien de temps elle avait consacré au choix de la combinaison adéquate ; voire du soutien-gorge idoine, qui ne devait pas être trop long à dégrafer le moment venu. Avait-elle informé quelqu'un de sa sortie ? Son mari, admettons, devait être à son bureau. Mais sa fille ? Il est probable qu'elle lui avait dit, ne serait-ce que pour se vanter, qu'elle entretenait des relations avec le Commandant. Elle était donc entrée dans la chambre de Cecilia et l'avait trouvée... tiens, comment l'avait-elle trouvée ? Voyons voir, c'est une jeune fille souffreteuse, elle doit vivre des journées monotones au fond de son lit ; là, évidemment, elle ne fait rien d'autre que se ronger les ongles, lire et relire. Quoi ? Mais *L'Enfant de volupté*, bien sûr...

– *Nous en reparlerons. Ce mot est* linguatica. *Messire Ludovico, ajoutez à vos litanies cette appellation :* Rosa linguatica, glube nos.

Arrivée à ce passage, elle ferme les yeux et se laisse aller en arrière, s'enfonçant dans les oreillers. Mais elle a un doigt glissé entre les pages du livre refermé. Sur l'ivoire jauni de la couverture, le nom de l'auteur et le titre du roman sont imprimés en caractères d'un noir éclatant. Et elle a peur d'ouvrir les yeux et de les voir de nouveau. Déjà, elle a l'impression que son cœur va éclater. Parce que, cela va de soi, Cecilia éprouve un amour enfantin et désespéré pour Gabriele, combien de demoiselles semblables à elle pouvaient y échapper en l'an de grâce 1920, et à Fiume, qui plus est ? Donc, le livre qu'elle tient dans les mains est dangereux pour elle. Il lui suffit de le retourner pour frissonner : là, en bas, dans le coin le plus insignifiant, un très vulgaire « Cinq lires » usurpe ces mêmes caractères, ce même noir d'ébène. Quelle infamie, songer que ces mots sont à vendre, pense la petite fille. (Gabriele, lui, aurait ricané, et peut-être même ajouté de sa main, sous le prix, entre parenthèses : *« Non olet »* ; mais cela, elle ne pouvait l'imaginer.) Elle passe le bout de sa langue sur ses lèvres sèches : une petite langue rose, comme celle d'un chat. *(Rosa linguatica, glube nos.)* Du reste, je suis prêt à parier que la chemise de nuit aussi est rose, comme les draps et le papier peint ; et pourtant, elle déteste le rose ! mais c'est sa mère qui le lui a imposé : pour la conserver telle une dragée dans une bonbonnière. « Au moins, ça rehausse un peu l'éclat de ton teint ! Tu ne vois pas comme tu es pâle ? » Cecilia, elle, s'agace. Et voilà, maintenant, ça va être ma faute si je suis toujours malade ; maman, elle, court, se démène, mange, commande, n'est jamais fatiguée. Est-ce qu'à vingt ans on dort encore dans des draps roses, comme une poupée de chiffon ? (Alors qu'elle, depuis quelque temps, rêve de coucher dans des draps violets, funèbres et voluptueux, imprégnés de parfums pénétrants : musc ou benjoin. Des draps où s'empoisonner, si la tentation vous en prend.)

Du reste, ce livre n'est-il pas une tentation perpétuelle, une délicieuse et interminable souffrance ?

— Et cela n'est rien, dit-elle en recouvrant sa nudité spectrale.
Chica pero guapa, *n'est-ce pas, Musellaro ?*
Et elle alluma sa dixième cigarette.

Évidemment, aussitôt, Cecilia a envie de fumer : mais, à la maison, elle ne peut pas, maman sentirait l'odeur. Son malheur, c'est d'avoir fini l'école. J'aurais dû tout faire pour échouer, de toute façon à quoi me sert ce misérable diplôme ? Là-bas, au moins, c'était facile de fumer, une cigarette tous les matins ! Maintenant, elle ne pouvait pas en acheter beaucoup à la fois, au bureau de tabac du port de Barros, et elle les cachait dans son poudrier, pour les griller avec avidité quand ses promenades et ses emplettes la conduisaient loin de chez elle, dans des quartiers où elle n'était pas connue. C'est alors qu'elle laissa échapper un gémissement de révolte, tant l'envie la rongeait de l'intérieur. Si je n'avais pas si mal aux jambes, je sortirais, là, tout de suite, sans prétexte, et je voudrais voir que quelqu'un essaie de m'arrêter. Mais je sais bien que je vais rester clouée ici, seule avec mes désirs. Et avec ce livre ensorcelé qui les rend encore plus cruels...

Elle se jette donc de nouveau dans la lecture, se plongeant avec une sombre détermination dans les mots de Gabriele, qui s'infiltrent dans son sang, elle en est convaincue depuis longtemps, tel un poison. Elle aime tant cette idée d'être empoisonnée par des mots, et par ses mots à Lui, en plus ! (« ... ni crème ni chocolat, mais des mots/superliquéfiés de D'Annunzio », comme dit un poète. Mais elle était prête à jurer que, celui-là, elle ne le lisait pas). De temps en temps, elle déglutit et ferme les yeux. De temps en temps, elle prend un mamelon entre deux doigts, sous la chemise rose, et le pince méchamment, du bout des ongles, jusqu'à ce qu'il blanchisse. Oui ! Alors voilà l'effet que font les livres de Gabriele. Je serais bien incapable de dire pourquoi, comme ça, au débotté, et je ne les ai d'ailleurs pas relus depuis des années : en tout cas c'était avant l'édition nationale. J'avais l'*editio princeps* de la plupart des livres, avec des dédicaces autographes : je dis « j'avais » parce qu'eux aussi ont fini sous les décombres de la maison, lors des bombardements. De toute façon, les femmes y trouvaient quelque chose que nous, les hommes, nous n'y voyions plus, parce qu'il est certain qu'elles ne s'enthousiasmaient pas pour l'admirable musicalité, ou pour la rareté du vocabulaire, non : elles y trouvaient quelque chose d'autre, d'assez puissant pour leur réduire à toutes le cerveau en bouillie. Une drogue ! et il était seul à en avoir distillé le secret : il y avait de quoi rendre jaloux la moitié de l'humanité. Je crois que c'est cela, surtout, qui a donné naissance, chez nos littérateurs, à ce qu'il appelait en riant ce drôle d'animal aux innombrables pieds et à la longue queue, l'antidannunzianisme : ces minables crevaient de rage en découvrant les pâmoisons dans lesquelles il savait les faire tomber toutes.

Et spécialement les malades, cela va de soi ! puisque c'est à lui qu'on devait cette géniale trouvaille, de les faire se sentir plus désirables qu'une bonne grosse fille bien nourrie... La chambre où lit Cecilia, par exemple : elle est sombre, les volets sont entrouverts, la veilleuse est exsangue sur la table de nuit, derrière l'abat-jour rose : la chambre d'une malade, où elle aime à se prélasser. D'ailleurs, ses jambes la font vraiment souffrir, mais les médecins n'y comprennent rien : les uns parlent des vertèbres, les autres des nerfs. Ils lui ont tout recommandé, la nage, la gymnastique, les traitements électriques ; mais on n'en a jamais rien fait. Je suis malade, se dit-elle, en haussant les épaules ! Et dans le silence ouaté de la chambre, on n'entend plus que les pages qui se tournent, le bruissement du papier. Les mots empoisonnés se diffusent dans sa chair, irradient de la tête à tout le corps, jusqu'au point d'attache des jambes. Il les a écrits à la plume d'oie, dans l'une de ces nuits de fureur où il peut user jusqu'à vingt ou trente plumes, tant sa main est lourde, tant il est, dans l'acte d'écrire, animé d'un élan viril.

(Tout cela, Cecilia l'a lu dans une interview de la *Domenica du Corriere*. Cette coupure de journal est classée dans une chemise parfumée et nouée d'une faveur, enfouie dans le plus secret de ses tiroirs ; mêlée à d'autres coupures de même nature, et à des photographies portant une dédicace imprimée, comme on en vend à Fiume depuis l'armistice. Et puis, tiens, une chose intéressante : il y a un moment encore, j'ignorais tout de ces coupures et de cette chemise parfumée ; mais ce n'est pas moi qui ai inventé un détail de ce genre, il s'est pour ainsi dire imposé de lui-même. Gabriele avait raison lorsqu'il me disait qu'on n'a besoin de rien inventer pour écrire un livre, que les personnages décident eux-mêmes de ce qu'ils vont faire, et que, le cas échéant, le plus difficile est de les en empêcher...)

« Cecilia ! Je sors ! Comment vont tes jambes ? » La voix de Mme Cosulich retentit si soudainement que Cecilia sursaute ; et elle dissimule en hâte son livre sous les couvertures. Gare à elle si sa mère savait ce qu'elle lit ; il n'est même pas question d'évoquer les livres de D'Annunzio en sa présence, bien que, notez la contradiction, on parle tous les jours à table du grand homme. Une fois, par mégarde, maman a risqué un commentaire, elle a demandé à son père ce qu'il pensait, lui, de certain épisode un peu scabreux, d'un personnage par trop audacieux : il lui a aussitôt cloué le bec en faisant les gros yeux (« Por-no-gra-phie ! »).

C'est pourquoi Cecilia va prendre en cachette les livres de Gabriele sur les rayonnages de la bibliothèque, elle les dévore le cœur battant, l'oreille aux aguets pour entendre si quelqu'un vient. Mais il est vrai qu'elle éprouverait le même besoin de se cacher si elle avait entre les mains *Le Livre Cœur* ; car ce sont les intrusions de sa mère qui l'énervent. Pourquoi faut-il qu'elle entre toujours dans ma chambre sans frapper ? Pourquoi n'y a-t-il pas de clef à cette porte, alors que toutes les autres en ont une ? Pourquoi faut-il qu'elle sache ce que je lis ? Ça ne regarde que moi ! pense-t-elle en serrant les mâchoires, les yeux voilés de larmes. Et sa mère, avec ses quarante-cinq ans plantureux, lui paraît une horrible vieille sorcière.

« Tu sais quoi ? Je vais voir le Commandant, je vais lui apporter un cadeau. Je voulais déjà le lui donner l'autre jour, quand il est venu dîner, mais j'ai oublié. Tu crois que ça lui plaira ? » Sa mère lui fourra sous le nez la fameuse jatte de céramique, et attendit des félicitations. Cecilia la considéra avec haine. Et voilà : toi, tu vas chez lui, et moi je n'ai pas le droit. En plus, tu viens me l'annoncer, pour que je sois dévorée de jalousie, et plus seulement d'envie. Maman va chez Lui et pas moi, maman Lui parle et Le regarde et moi je dois fermer les yeux pour Le voir, maman a de gros tétons et moi de tout petits, et Il ne les touchera jamais. Pourquoi ?

« Maman, qu'est-ce que tu veux qu'il fasse de ton morceau de terre cuite ? Il s'en servira pour mettre la pâtée de son chat, dit-elle méchamment.

– Tu ne comprends rien, répliqua Mme Cosulich. Tu verras, ça lui plaira. Quant à toi, je t'en prie, ne quitte pas ton lit de la journée ! ajouta-t-elle d'un ton sarcastique. Malade imaginaire ! »

Crève, pensa Cecilia ; et elle se retourna vers le mur pour que sa mère ne la voie pas pleurer.

Peut-être, à ce stade de notre récit, convient-il de relater le retour de Mme Cosulich à la villa, après son fiasco : les tensions qui alourdissent le repas, au cours duquel la patronne rudoie plus que de coutume la domestique Angiolina ; le sénateur qui, sans comprendre pourquoi son épouse est aussi nerveuse ce soir-là, évite d'intervenir et se retranche derrière sa barbe pour vaquer à ses affaires ; et Cecilia, qui est tout de même descendue dîner et qui est rongée par la jalousie et par une rage impuissante. En effet, elle n'a aucun moyen de connaître ce que nous savons, et le comportement de sa mère, si manifestement insolite, ne l'aide en rien : il est évident qu'il s'est passé quelque chose, mais quoi ? Quoi qu'il en soit, elle est loin d'imaginer ce qui s'est réellement produit, son hostilité envers sa mère et sa jalousie la conduisant plutôt à se représenter l'inverse, c'est-à-dire le pire. Son imagination surexcitée lui peint avec insistance des unions charnelles qui la font suffoquer de désespoir et de dégoût : déjà, en temps normal, le corps de sa mère la répugne, mais l'imaginer avec Lui ! Et donc, quand elle se couche, c'est pour dormir d'un sommeil nerveux, cruel, les poings crispés, et hantée de cauchemars ; pour se réveiller en sursaut, au beau milieu de la nuit, hagarde et moite de sueur...

Son dernier rêve était si vif que, pendant quelque temps, Cecilia eut l'illusion de l'avoir vraiment vécu ; du reste, ses rêves lui laissaient toujours cette impression tenace, et elle avait ensuite le plus grand mal à nettoyer leur bave qui souillait la réalité. Ils avaient enfoncé quelque chose en elle, pour la torturer, mais ils n'y arrivaient pas, ou plutôt, c'est elle qui en voulait encore, encore et encore : et ils étaient effarés. Pour l'empêcher de triompher, alors, ils avaient entrepris de lui comprimer les jambes entre des éclisses de bois ; et ils vissaient. Ça faisait mal, et c'est à ce moment que Cecilia se réveilla, tandis que l'exaltation qui l'avait gagnée se dissipait en un sentiment d'effroi. Prudemment, elle replia une jambe, tendit la main jusqu'au genou, caressa cette petite patte blessée. Cela faisait encore plus mal que la veille. La nuit, alentour, était silencieuse, sombre. Et soudain l'autre douleur l'envahit : intolérable, cette fois. Comment avait-elle pu l'oublier ? Maman avait passé toute la journée dehors, chez Lui... Pleurant de rage, Cecilia secoua sa jambe, donna des coups de pied sous les couvertures, afin que la douleur qui lui tordait le muscle chasse l'autre douleur. Elle crispa les poings dans le noir, et attendit : mais la douleur à sa jambe n'augmentait plus, et elle ne chassait rien du tout.

Elle avait l'impression d'étouffer dans la chambre close. En sautillant sur un pied, elle ne put trouver que son déshabillé, elle le passa sur sa chemise de nuit, atteignit la fenêtre et écarta les rideaux. À travers les fentes des persiennes filtrait la clarté de la lune. Cecilia ouvrit un carreau, avec précaution, pour qu'il ne grince pas, et, se blottissant dans son déshabillé, pour se protéger de la rafale d'air froid qui l'avait cinglée, repoussa un des volets. Elle s'empressa de refermer la fenêtre. Maintenant, elle distinguait une bande de jardin. Les feuilles jaunies des platanes brillaient dans la lumière lunaire, et le gravier de l'allée semblait d'argent. Quand elle était petite, elle ramassait le sable bleuté très fin qui se déposait sous ce gravier, persuadée qu'il était extrêmement précieux ; une fois, elle en avait rempli la tabatière de son père. Avec le tabac, elle avait préparé une infusion, et, dans l'eau jaunâtre, elle avait laissé tomber une fourmi qu'elle avait capturée, pour voir si vraiment, comme l'affirmait sa mère, le tabac faisait du mal. La fourmi avait longuement nagé, trottinant dans l'eau avec une grande vivacité, le tabac ne faisait aucun mal. Je voudrais être morte, pensa Cecilia. Elle regarda la maigreur de ses mains. Pourquoi suis-je aussi laide ? « *Chica pero guapa* » ; mais pas moi. Il ne m'a même pas regardée. Si on lui parlait de moi, il ne se rappellerait même pas qui je suis. Ou peut-être dirait-il, ah oui, la fille de cette femme...

Désespérée, elle retourna à son lit, alluma la lampe, s'assit à l'écritoire, trouva une feuille de papier à lettre lilas et commença à écrire furieusement. Quand elle eut rempli une page entière, sans presque lever la plume, elle s'interrompit brusquement, avec une mauvaise grimace. Lentement, elle posa la plume, froissa le papier en le roulant entre ses mains et allait le jeter dans la corbeille ; mais elle se ravisa et minutieusement le réduisit en lambeaux. Elle éteignit la lampe, glissa jusqu'à la porte, l'entrouvrit sans bruit et sortit. La chambre resta à l'attendre, baignant dans la clarté lunaire.

L'attente ne fut pas longue. Cecilia revint bientôt, les pieds glacés d'avoir traversé nus toute la maison : elle serrait un objet rebondi sous son déshabillé. Arrivée près du lit, elle dévoila la bouteille de cognac et la posa sur la table de chevet ; puis elle alla refermer les volets et se réfugia sous les couvertures. Elle dévissa le bouchon et but. À en juger par l'agitation du liquide derrière le verre, il ne devait plus en rester beaucoup, de cette fine Napoléon. Tant pis, pensa-t-elle en s'exaltant, s'il n'y a pas assez de cognac, j'utiliserai la bouteille, ça aussi, ça peut servir à calmer l'angoisse. Mais on ignore si la bouteille fut vraiment affectée à cet usage, car, finalement, il y eut assez de cognac, ou, en tout cas, Cecilia n'eut jamais conscience qu'il en manquait. Elle garda le souvenir, ça, oui, qu'elle avait pris une décision que, sans cela, elle n'aurait jamais eu le courage de prendre. Je vais y aller, moi aussi, chez Lui, pensa-t-elle. Demain. Ou après-demain. Peu importe. La seule chose qui compte, c'est d'avoir pris la décision !

Loin de là, dans un poulailler aux murs de planches et au toit de tôle, dans la cour d'une masure de campagne que les faubourgs de la ville avaient rattrapée et épargnée, et où logeait le gardien, désormais au chômage, de l'usine de torpilles, un coquelet pouilleux s'ébroua, ouvrit un œil, puis l'autre, fit trembloter sa crête à demi arrachée lors d'un combat et décida qu'il était l'heure de réaffirmer ses droits sur le monde. Il reprit son souffle, gonfla le cou et chanta.

4

Philtrum Niveum

Fiume dormait, sous une pluie battante qui tambourinait sur les toits et sur les cheminées, et finissait de détacher les feuilles jaunies des platanes des avenues. Les légionnaires dormaient, eux aussi, sur d'inconfortables paillasses, dans les maisons où ils cantonnaient : certains seuls, d'autres non. Sur le quai de la Fiumara étaient restées les dernières filles, les plus malheureuses : celles qui n'avaient pas de quoi se payer une chambre, ou qui craignaient d'être battues si elles rentraient chez elles les mains vides. Dans la dernière des tavernes à être encore ouverte, l'Ornithorynque, on s'était résigné à cette clientèle d'habitués noctambules. En réalité, l'Ornithorynque s'appelait le Cerf d'or, mais, quand Gabriele l'avait découvert, il avait éclaté de rire et, désignant l'enseigne, œuvre d'un quelconque peintre du dimanche, il avait tranché : on dirait plutôt un ornithorynque ; et le nom était resté. Après quoi, quelqu'un avait volé au musée d'Histoire naturelle du lycée un ornithorynque empaillé, à demi rongé par les mites, comme souvent dans ces musées qui ne sont que de grandes salles suffocantes de poussière, où les professeurs impériaux et royaux eux-mêmes ne mettaient plus les pieds depuis Dieu sait combien d'années ;

et l'horrible bête, rose et pelée, trônait depuis lors au centre de la table. Son long bec convexe et luisant semblait une allusion à la calvitie du Commandant : et lui-même s'était une fois publiquement félicité de cette ironie.

Ce jour-là, près de l'ornithorynque empaillé était posée une coupe remplie de queues et de restes de langoustines, et une batterie de bouteilles de champagne vides : du Piper Heidsieck, bien sûr (les autres marques donnaient des brûlures d'estomac à Gabriele). Il en avait vidé plus que de coutume, et cela se voyait. En arrivant, nous étions tous quelque peu abattus par la nouvelle de la signature, à Rapallo, du traité avec la Yougoslavie. Cette fois, Giolitti nous avait vraiment laissés tomber. Ce qui allait se passer, seul le ciel le savait. Mais, avec l'aide du Piper, le Commandant avait redonné du courage à tout le monde. Nous tenions Fiume, et il ne serait pas si simple de nous en déloger, bon sang !

« On va bien voir qui est fils de bonne mère ! exulta Gabriele. Ils ne sont bons qu'à se pavaner sur la place avec leur fiancée au bras et le fez incliné sur le côté, ou à ronfler, la panse remplie de champagne ! »

Il lança un clin d'œil ironique à un couple d'aviateurs qui somnolaient dans les bras l'un de l'autre, les vareuses d'uniforme à demi boutonnées, une joue mal rasée contre une joue imberbe. On ricana, mais les deux hommes ne bougèrent pas.

« Certains jeunes gens d'aujourd'hui ressemblent à des petites filles, me murmura Gabriele à l'oreille. Pour l'amour de Dieu, ne vois là aucun moralisme. Ici, chacun est libre de chercher le paradis à sa façon. Mais crois-tu que, à mon âge, ces deux-là auront encore des muscles comme les miens ? »

Je souris : je connaissais l'animal.

« Fais voir un peu. »

Gabriele, ravi, ôta sa veste et retroussa sa manche de chemise.

« Touche un peu ça, palpe donc ! Hein ? »

Quelqu'un d'autre proposa de tâter à son tour : tout le monde savait que le Commandant adorait exhiber ses muscles.

« Hein ? répétait-il. Et ces deux-là qui dorment !

– J'irais bien dormir, moi aussi », bâillai-je ; mais il grimaça.

« Tu t'y mets, toi aussi ? Mais quel intérêt y a-t-il à dormir ? Et par une nuit pareille !

– Qu'est-ce qu'elle a, cette nuit ? protestai-je.

– Elle est magique, décida soudain Gabriele. Écoute un peu, il pleut toujours ? »

Je m'approchai de la porte de la taverne : pour pleuvoir, il pleuvait. Une nuit magique ? Et comment ! J'insistai pour que nous rentrions ; et je vis qu'il hésitait. Rentrer : oui, tôt ou tard, il faut bien. Et aller dormir, ça aussi, il faut le faire, sinon la machine s'enraie. Une erreur de conception, à l'évidence. Mais je comprenais qu'il n'en avait aucune envie. « Pas maintenant », décréta-t-il brusquement. Était-il le mage, oui ou non ?

« Attends ! Je te dis qu'il va cesser de pleuvoir, vaticinat-il. Tu ne le sens pas, toi aussi, en humant l'air ?

– Moi, tout ce que je sens, c'est l'odeur de la friture, ricanai-je.

– La pluie va cesser, insista Gabriele, agacé par ma balourdise. Allez, on prend les paris. S'il pleut encore dans cinq minutes, nous irons nous coucher. Mais, si la pluie s'arrête, nous partirons en quête d'aventures.

– Mais après quelle sorte d'aventures veux-tu courir ?
Il n'y a plus personne dehors, à une heure pareille ! »
m'impatientai-je.

Le Commandant leva son menton pointu et fit la moue.
Il était presque vexé. Mais, derrière le monocle, son œil
brillait.

« Je te dis que c'est une nuit magique », répéta-t-il.
Je soupirai.

« Bon, d'accord, je sais bien qu'il n'y a rien à faire.
Je t'accorde cinq minutes. Pas une de plus. » Je sortis
mon oignon du gousset, et m'adossai au mur. D'où j'étais,
je pouvais regarder au-dehors sans perdre la tablée
de vue.

Le tic-tac de la montre résonnait dans la salle silencieuse. La plupart somnolaient, la tête entre les bras,
affalés sur la table. Ceux qui étaient encore éveillés attendaient de voir où mènerait ce pari, et personne n'avait
envie de parler tant que le Commandant, le premier,
n'aurait pas rompu le silence. La pluie cinglait les carreaux des fenêtres avec obstination.

Le patron apparut, intrigué par le silence : mais il vit
que le Commandant était toujours au bout de la table,
droit et raide, son monocle à l'œil, et il battit en retraite.

Un des deux aviateurs qui dormaient embrassés marmonna quelque chose dans son sommeil, et enfonça plus
profondément la main dans la vareuse déboutonnée de
l'autre.

La montre faisait entendre son tic-tac. Son battement et
celui de la pluie étaient les seuls bruits. Puis, brusquement, la pluie ralentit et se tut. Je me détachai du mur
auquel je m'étais adossé, remis mon oignon au gousset et
ouvris la porte.

« Il ne pleut plus », admis-je.

Gabriele se frotta les mains.

« Je te l'avais dit. Tu ne me crois jamais », ajouta-t-il. Puis il dévisagea les officiers assis à table.

« On rentre ! hurla-t-il soudain d'une voix de stentor. Réveillez-moi tous ces morts de sommeil et veillez à ce qu'ils rentrent chez eux sans encombres. Quant à nous deux, nous partons de notre côté. Bonsoir », conclut-il en se blottissant dans la pelisse que le patron s'était empressé de lui présenter. Il enfonça sur sa tête son chapeau de chasseur alpin.

« Tu viens ? » m'invita-t-il. Je haussai les épaules ; je voulais formuler une objection, mais mes paroles furent couvertes par le fracas de la porte qui claquait dans notre dos.

Dehors, comme Gabriele ne paraissait pas avoir entendu, je répétai ce que j'avais dit.

« Est-ce que c'est bien prudent de déambuler comme ça, seuls dans la nuit ? Il y en a qui ne se feraient pas prier pour te trucider. »

Il émit un petit rire.

« Tu parles ! Tu ne vois pas comme la nuit est sombre ? Personne ne me reconnaîtra. »

Espérons, pensai-je. Pour sûr, il a vraiment une tête de bois.

En vérité, j'avais du mal à le suivre, avec les bottes qui glissaient sur le pavé mouillé. Devant nous, un réverbère éclairait faiblement une autre petite place déserte.

Ou plutôt, non, elle n'était pas déserte. Quelqu'un la traversait en titubant, sans chapeau. Un ivrogne, puisqu'il chantait. De loin, on ne savait si c'était un civil ou un militaire. Mais, en approchant, je vis qu'il portait une vieille veste grise d'uniforme autrichien, avec une déchirure au col, là où avaient été cousus les écussons.

« Voilà un homme heureux », ricana Gabriele ; j'aurais, pour ma part, préféré passer mon chemin, mais il s'obstina : « Mais de quoi as-tu peur ? Tu vas voir, il ne me reconnaîtra pas. »

Nous étions désormais sur la place, dans la lumière voilée du réverbère. En nous voyant surgir brusquement devant lui, l'ivrogne nous dévisagea, perplexe, puis il écarquilla les yeux et se fendit d'un sourire édenté.

« Vive le Commandant Gabriele D'Annunzio ! » hurla-t-il d'une voix éraillée.

Gabri ne se troubla point. Il s'avança, au contraire, et le toisa de la tête aux pieds.

« Que dis-tu ? le réprimanda-t-il à voix basse. Tu ne vois donc pas que je ne suis pas moi ? » Et tandis que l'autre reculait, ébahi, il ajouta d'un air mystérieux :

« Je suis mon fils ! »

L'ivrogne se gratta la tête.

« Ah, çà ! Dans ces conditions, excusez-moi, jeune homme ! Et bien des choses à votre papa ! » conclut-il ; et il s'éloigna, plein de vergogne. Il ne chantait plus. Son pas claudicant se perdit dans les rues.

« Tu as vu ? dit Gabriele en se frottant les mains. Je t'avais bien dit que c'était une nuit magique ! Tu vas voir, il va nous en arriver de belles.

– J'espère bien que non ! » marmonnai-je. Et, cependant, je me disais : tiens, tiens, il pense encore à son fils, qui l'eût cru ? Depuis son départ, il n'a plus parlé de lui une seule fois ! Veniero D'Annunzio avait débarqué à Fiume quelques semaines plus tôt et ne s'était attardé que quelques jours, son *business* l'appelait ailleurs : un

Américain niais et jovial, avec cette démarche sautillante que, paraît-il, ils ont tous là-bas, l'œil toujours sur sa montre et la main sur le portefeuille, et pourtant prêt à s'intéresser à tout, à rire à gorge déployée, en sifflotant le dernier *ragtime*. Que cet Américain pût être le fils du Commandant, il y avait plus d'un légionnaire qui n'avait pas voulu le croire : et Gabriele, lui-même, le dévisageait avec une bienveillante perplexité. Il semblait dire : voyez-vous cela ? J'ai même fait ça, dans ma vie, j'ai pondu un *businessman*, qui vit là-bas et fabrique de l'argent, et tout le monde se moque bien qu'il se nomme D'Annunzio ! Il avait été le premier à pouffer, quand Veniero avait raconté que, un jour, dans un compartiment de chemin de fer, il avait entendu une vieille dame plongée dans son journal qui demandait à son mari : « *By the way, who's Gabriele D'Annunzio ?* » Et le mari, qui ne voulait pas avouer son ignorance : « *You've never heard him ? Such a beautiful voice !* »

Cependant, nous étions presque arrivés à la Riva della Fiumara.

« Que disais-tu, qu'il n'y a plus personne dehors ? » me reprocha Gabriele, avec un geste péremptoire. En effet, sur le trottoir désert venaient d'apparaître une fille, puis une autre, attirées par le bruit des bottes sur le pavé.

« Vous voulez v'nir avec moi ? » murmura la première créature, qui n'avait qu'un filet de voix, bientôt brisé par une quinte de toux. Elle toussait, les mains devant la bouche, debout, grelottant dans le misérable petit châle qu'elle avait jeté sur ses maigres épaules.

« Mais je te connais, toi ! dis-je. Tu n'es pas Delfina ?

– Ouais, c'est moi, la Delfina ! admit la fille, surprise, quand la quinte se fut calmée. Et vous, z'êtes qui, vous ? »

Mais il lui suffit de s'approcher un peu plus pour battre des mains de joie.

« Mais toi, t'es Tom ! Mon beau capitaine !

– Mais comment tu as fait pour te retrouver ici ? Et dans quel état ! » murmurai-je, confus, en découvrant les hardes que portait la fille, ses cheveux décoiffés, et ses mains rougies par les engelures.

« T'sais c'que c'est, dit-elle, avec une nuance d'embarras. L'boulot, j'en ai jamais trouvé, j'ai continué à faire... c'que j'faisais à Feltre. Et tous qui disaient qu'à Fiume y avait plein d'argent à s'faire ! Mais c'est pas vrai ! Des sous, y en a pas plus ici ! »

Le Commandant assistait à cette conversation avec un petit sourire sardonique, tout en ajustant son monocle.

« Ce n'est rien, c'est Delfina », expliquai-je ; et, cependant, je lui faisais signe de s'avancer. « C'est une réfugiée. Je l'ai rencontrée à Feltre il y a quelque temps, à la fin de la guerre.

– Oui, oui, j'ai très bien compris », se hâta de dire le Commandant, toujours avec ce petit sourire antipathique.

« Mais toi, tu cherchais d'la compagnie, Tom ? » insista la fille, en s'approchant encore un peu plus de moi, et sans se soucier de Gabriele ; alors je compris qu'elle ne l'avait pas reconnu, que, pour elle, c'était un fâcheux quelconque.

« Bah, c'est possible. Tu sais, on m'a prédit que cette nuit serait magique, dis-je en riant, et tu vois qu'on avait raison, puisque nous nous sommes retrouvés. Mais je dois demander la permission du Commandant.

– Quel Commandant ? » protesta-t-elle en se tournant, fâchée, vers le petit homme au chapeau de chasseur alpin. C'est alors qu'elle le reconnut.

« Oh ! » Confuse, elle ne sut rien dire d'autre et mit les mains devant sa bouche.

« Tu as vu, je t'avais dit qu'on ne me reconnaîtrait pas, remarqua Gabriele, d'un ton aigre-doux. Elle est mignonne, ta petite amie, ajouta-t-il. Que fait-on ? On l'emmène avec nous ? »

J'écartai les bras.

« Après tout, pourquoi pas ? N'as-tu pas dit que c'était une nuit d'aventures ?

– Ce n'est pas exactement à ce genre d'aventures que je pensais. » Je n'arrivais pas à savoir si cette idée lui plaisait vraiment.

« Mais moi... mais j'sais pas, dit Delfina, hésitante.

– Ne t'inquiète pas, il ne va pas te manger. C'est moi qui vais te manger », ajoutai-je en aparté ; pour ma part, j'étais déjà décidé, et mon désir ne cessait de croître. Mais il fallait faire attention, Gabriele était capable de faire certaines farces ! Il n'y avait qu'une façon de se protéger.

« Tu dois bien avoir une amie ? » murmurai-je.

La fille s'éclaira.

« Oh, ouais, ouais ! Y a bien c'te pauvresse, qu'a pas l'courage de s'montrer, qu'a honte des hommes, mais si elle travaille pas, quand elle rentre à la maison elle s'fait taper d'ssus. Elle est bien, tu verras » ; et elle fit signe à une autre fille, qui était restée dans l'ombre jusque-là. Elle s'avança, et je vis qu'elle aussi était misérable, le châle déchiré, les cheveux mouillés par la pluie. Mais très jeune.

« Parfait, vous avez tout décidé pour moi », dit le Commandant. Malgré son ton goguenard, je savais qu'il était content. « Mais on ne peut pas les emmener au Palais dans cet état. Tu sais ce qu'on va faire ? On va retourner à l'Ornithorynque, ils ont des petits cabinets, au premier étage. Tu les connais, non ?

– Et comment ! » dis-je en riant.

Nous retraversâmes les rues désertes. Delfina chantait, joyeuse. L'autre fille n'avait pas prononcé un mot ; quand nous lui avions proposé de nous suivre, elle avait fait oui de la tête ; et c'est elle qui fermait la marche, les yeux baissés.

« Et alors, qu'est-ce que tu as ? lui demandai-je au bout d'un moment en ralentissant le pas.

– Moi ? Honte, murmura la fille, avec un filet de voix.

– Fait' pas attention, elle parle pas italien, elle est slave, j'sais même pas d'où qu'elle vient, de loin, j'crois. Mais ça, pour êt' bonne, elle est bonne. Elle a juste un p'tit peu honte, mais dans l'noir, elle est bonne, intervint Delfina.

– Ça va bien ! » marmonnait à part soi le Commandant.

Le patron de l'Ornithorynque ne tarda pas à rouvrir, obséquieux, et bien qu'à moitié somnolent. Il demanda s'il devait nous apporter à boire et à manger. Il apparut que les filles avaient faim, et pas qu'un peu ! Une demi-heure plus tard, nous étions de nouveau attablés dans une des chambres de l'étage, à la faible lueur d'une ampoule suspendue au plafond, et les filles dévoraient chacune son plat de gnocchi : ceux qu'on prépare avec du pain acide, du paprika et du beurre rance, avec une prune au milieu. Elles n'étaient pas accoutumées au champagne, et toutes deux avaient le hoquet.

« Comme j'suis contente d't'avoir trouvé, Tom ! » répétait Delfina.

L'autre mangeait avec voracité.

« Et toi, comment t'appelles-tu ? » demanda Gabriele.

La fille écarquilla les yeux.

« Moi ? »

La bouche pleine, elle murmura un nom incompréhensible.

« Fallait s'y attendre », marmonna le Commandant. Il observait la créature, en cheveux et les joues brillantes de fièvre, et soudain une pensée importune lui traversa l'esprit : je pourrais être son grand-père. Voilà un beau raisonnement à tenir à une heure pareille, se dit-il en grimaçant. Il se retourna pour chercher mon regard, mais en vain : j'étais trop occupé à renouer, avec la réfugiée, cette ancienne amitié née dans les bâtisses abandonnées de Feltre, avec la file qui s'étirait au-dehors : des bersagliers.

« Et elle se goinfre de gnocchi ! »

Pris d'une fureur soudaine, Gabriele saisit l'innommée par son maigre poignet, l'entraîna dans l'autre chambre et claqua la porte derrière eux.

Ce qui se passa là-dedans, Gabriele ne me le raconta que partiellement, mais je me sens de taille à combler les espaces vides de ses réticences.

Il n'y avait là qu'un divan, poussiéreux mais confortable ; et, près de la fenêtre, une table et une chaise dépaillée. On n'avait pas installé la lumière électrique. Le Commandant alluma la lampe à pétrole sur la table.

« Allez, déshabille-toi, dit-il, avec une certaine brusquerie.

– Pas lumière », dit la fille, d'un ton effarouché.

Gabriele soupira et éteignit la lampe ; la clarté d'un réverbère de la rue éclairait à peine la chambre, mais le divan était dans l'ombre.

« Bon, maintenant, tu peux te déshabiller », répéta le Commandant.

La fille obéit. Ce ne fut pas long. Elle abandonna ses hardes sur le sol et se recroquevilla sur le divan.

Gabriele se déshabilla à son tour. Il jeta sa pelisse sur le dossier de la chaise. La fille attendait en grelottant. Il faisait froid.

Sa chair aussi était froide. Au bout d'un moment, le Commandant se dégoûta de l'exercice. La fille ne disait pas un mot. Docile, ça, oui : elle se laissait guider et ne protestait jamais. Le fait est que l'envie lui était vite passée.

Sautillant pieds nus sur le sol glacial, il alla fouiller dans les poches de sa vareuse repliée sur la table, en sortit une petite boîte. Il frissonna, se jeta la pelisse sur les épaules, s'assit sur la chaise. Puis il étala sur la table une feuille de papier argenté et un tube : un filtre de cigarette, le modèle très fin, en carton, des *papirose* russes, qu'il faisait alterner avec les Abdullah. Il ouvrit la petite boîte, versa un peu de poudre sur le papier. Tandis qu'il s'affairait, un mouvement brusque lui en fit répandre un peu partout.

« Zut ! »

Enfin, il parvint à terminer ce qu'il voulait. Il inspira profondément, avec les narines qui brûlaient. La fille, blottie sur le divan, l'observait avec méfiance.

Le Commandant sourit.

« *Philtrum Niveum !* » annonça-t-il, d'une voix basse et solennelle.

La créature ne dit rien.

« Tu en veux ? » proposa Gabriele, en désignant la table. Il songea à ces prêtres de l'Antiquité qui initiaient leurs adeptes aux mystères. N'était-il pas le Borgne voyant ?

Cette fois, la fille fit non de la tête. Elle avait l'air épouvanté.

« Comme tu veux ! »

À présent, l'exercice l'intéressait davantage. Le corps ligneux de la fille se métamorphosait entre ses mains, à sa fantaisie, comme de l'argile : en un instant, ses jambes étaient devenues plus grasses, ses hanches plus souples, et même la couleur de ses poils changeait. Il les huma, gourmand, à la recherche d'une odeur connue. Elle était là, tapie sous l'aisselle. Il remercia mentalement le philtre qui, chaque nuit, permettait ces sortilèges, et dissipait toutes les raisons d'avoir des regrets. La fille se laissait manier, soumise. Il lui semblait maintenant qu'elle grossissait sous lui : son corps mûrissait, ses petites mamelles qui pointaient à peine se muaient en deux puissantes grappes ; ses cheveux roussissaient, et ses traits durcissaient...

« Ah non, bon sang ! »

Il eut du mal à chasser l'image effroyable de Mme Cosulich qui, Dieu sait comment, s'était insinuée dans son jeu. Il avait des sueurs froides : c'était la première fois que le philtre se révoltait ainsi contre lui, évoquant des ombres plutôt que l'extase. Le fil ayant été coupé, et par une telle Parque ! il n'était pas facile de le renouer. Irrité, il voulut pousser plus avant, au mépris de ce corps qui s'était aussi péniblement transformé sous ses yeux. La fille endurait tout, sans protester. Elle laissa toutefois échapper un gémissement, à demi étouffé dans les coussins où il l'avait forcée à enfouir son visage.

« Tu as mal ? demanda le Commandant avec une satisfaction prudente.

– Petit peu... Mais pour toi plaisir... » répondit la créature, s'efforçant de paraître enjouée.

C'étaient les premiers mots qu'il lui entendait dire depuis qu'elle s'était déshabillée, et ils lui plurent. Tant et si bien, d'ailleurs, que l'exercice se termina promptement. Haletant, Gabriele se leva pour aller prendre une cigarette. Il n'avait plus froid. Il se tint devant la fenêtre, essayant de comprendre si, dehors, il avait recommencé à pleuvoir. C'est presque l'aube, pensa-t-il. Il n'avait pas envie de dormir. Derrière lui, on percevait la respiration de la fille qui, d'abord haletante, se faisait plus régulière. Quand il se retourna, elle s'était endormie, recroquevillée dans un coin du divan, les mains serrées entre les jambes pour se réchauffer. Le Commandant ramassa sa pelisse qui avait glissé à terre, en couvrit la fille et passa une main paternelle dans ses cheveux hirsutes. Puis il se rhabilla et s'assit à la table, attendant le matin. Dans la chambre d'à côté, il entendit le rire de Delfina, puis plus rien. Il avait rangé la petite boîte et tout son attirail. Il était fatigué, mais il n'avait pas sommeil. Il y a quelque chose à quoi je devrais réfléchir, se souvint-il, mais quoi ? Ah oui, malédiction : Rapallo, ils ont signé à Rapallo, le vieux bourreau lippu est allé jusqu'à endosser cette infamie ; mais, même seuls, nous tiendrons, et nous ne tiendrons pas seulement, nous marcherons : sur Trieste et, de là, sur Rome. Et tous les *arditi* d'Italie se joindront à nous, la poitrine bardée de médailles, les uns à bicyclette, les autres sur des camions : tous à Rome pour faire le ménage, oui, pour faire le ménage...

La lumière commença à filtrer à travers les volets entrouverts, et Gabriele se réveilla. Je m'étais endormi ! constata-t-il, avec une once de désappointement. La fille ronflait, le visage enfoui dans la pelisse : mais quand il se leva, à demi courbaturé, et qu'il se mit à tourner dans la chambre, elle sortit de là-dessous et lança autour d'elle un regard étonné. Elle découvrit un vieillard chauve, en bretelles et chaussettes, à la figure bouffie.

« Quelle heure qu'il est ? » demanda-t-elle. Elle avait l'air inquiet.

« Huit heures et demie, répondit le Commandant.

– Maint'nant, moi devoir partir », annonça précipitamment la fille en s'asseyant. La pelisse glissa, la dénudant des épaules à la taille. Elle était en proie à une étrange excitation. Gabriele fut surpris de voir ses yeux fébriles, ses narines palpitantes. Diable, songea-t-il, si elle ne m'avait pas dit non, je jurerais que...

Puis son regard descendit vers le ventre de la fille, et s'arrêta de nouveau. Juste à côté du nombril s'épanouissait une cicatrice aux contours impossibles. Il s'approcha, pour l'examiner de plus près. La fille jetait autour d'elle des regards effrayés, mais sans trouver la force de se lever. Elle ne comprenait pas ce qui lui arrivait.

« Mais qu'est-ce que c'est ? » demanda-t-elle dans sa langue.

La plaie semblait cicatrisée depuis quelques jours seulement, et, dessous, on sentait palpiter la chair vive. Elle avait une forme d'étoile : comme si quelqu'un, avec un couteau, avait délibérément pratiqué une douzaine d'entailles, fendant la peau en rayonnant à partir d'un point central.

« Tu regardes ça, hein ? » dit la fille, toujours dans sa langue. Son regard s'était troublé. « Tu étais là, toi aussi, quand on m'a fait ça ? » poursuivit-elle. Elle s'embrouillait. Au son de cette voix, le Commandant leva les yeux et les fixa sur son visage. Il aurait juré qu'elle avait, elle aussi, prisé de la cocaïne. Se serait-elle levée pendant la nuit ? Mais c'est une absurdité, songea-t-il. La fille n'avait pas conscience du froid, et regardait autour d'elle, accablée par une angoisse sans nom.

« Allez, habille-toi », murmura Gabriele, en lui montrant ses hardes, en tas sur le sol. La fille mit les pieds à terre, et la pelisse glissa complètement. Elle avait aussi des coupures à l'intérieur des cuisses : trois de chaque côté. Profondes. Comment se fait-il que je ne m'en sois pas aperçu ? pensa le Commandant ; puis il se rappela l'obscurité. Mais où a-t-elle bien pu priser de la cocaïne ? se demanda-t-il encore, perplexe. Histoire de ne pas rester sans rien faire, il se baissa pour ramasser la pelisse ; et, soudain, il comprit. Il enfonça le nez dans le vêtement et inspira profondément. J'ai dû en perdre pour une cinquantaine de lires, se dit-il, avec une pointe de déception. Il faudrait que je fasse plus attention !

Cependant, la fille s'était rhabillée. Elle souriait pour elle-même en montrant les dents.

« Moi devoir partir. Argent ! » réclama-t-elle, revenant brusquement à son italien guttural.

« Comment cela ? » Le Commandant ne comprenait pas. Il était trop absorbé par ces métamorphoses. La fillette effrayée de la nuit débordait maintenant d'une énergie fébrile.

« Argent ! répétait-elle avec dureté.

– Ah oui... »

La transaction fut l'affaire d'un instant. La créature compta rapidement les billets et les glissa dans ses bas, révélant brièvement, sur le blanc des cuisses, ces trois coupures livides.

« Vais », annonça-t-elle en ouvrant la porte. Elle était déjà dans l'escalier quand le Commandant s'aperçut que, en songeant à ce corps sous le couteau, à la façon dont il avait dû se débattre sous la lame, un désir féroce et humiliant lui était revenu. Je vais la rappeler, pensa-t-il. Mais, lorsqu'il se pencha sur la rampe, la fille, ivre de cocaïne, avait disparu.

5

Quiconque que ce soit

L'officier des carabiniers était enveloppé dans son manteau jusqu'aux moustaches et tapait des bottes sur le pavé mouillé. On voyait qu'il avait froid, et qu'il était de mauvaise humeur.

Ses hommes étaient regroupés derrière lui, les yeux baissés, et de temps en temps se regardaient les uns les autres, sans oser les lever. Ils étaient trois ou quatre, pas plus, le pistolet à la ceinture.

Bien sûr, l'officier avait lui aussi un pistolet, mais il était impossible de s'en assurer. Il était là, emmitouflé dans la capote sombre, funèbre, de sa tenue d'hiver. Quand un pan d'étoffe s'écartait un peu, on distinguait le gris-vert de l'uniforme de campagne, le même qu'avaient revêtu ses hommes, et qu'ils n'avaient pas quitté depuis Dieu sait combien de temps.

Tout autour des carabiniers, sur la place, se pressaient les *arditi*, eux aussi vêtus de gris-vert, avec les écussons noirs. Dessous, la plupart portaient certains chandails de laine, tricotés par leur maman ou achetés au magasin, et de toutes les couleurs : parce qu'il faisait vraiment froid, on était déjà en décembre. Seuls quelques-uns, bravaches, avaient encore la chemise ouverte sur un poitrail viril : noire, bien sûr.

Les gens commençaient aussi à se masser sur le pourtour de la place : des ouvriers en veston et casquette, les poings fourrés au fond de leurs poches, à moitié abrutis par le froid ; des bonnes de retour du marché, et même quelques dames : avec ce chapeau à larges bords qui voilait leur figure d'ombres, si, avant de sortir, elles l'avaient incliné comme il faut, devant leur miroir. Elles tendaient le cou, pour mieux voir ; et certaines se haussaient sur la pointe des pieds.

On aurait dit que l'officier des carabiniers n'avait pas du tout l'intention de s'exprimer : mais, lorsque deux ou trois officiers des *arditi* se plantèrent devant lui d'un air de défi, il extirpa ses moustaches et sa bouche du col de sa capote. Ils parlaient tous en même temps, maintenant, ou c'est du moins ce qu'il semblait, à voir leurs gesticulations ; mais les gens ne parvenaient à rien entendre, à cause du bourdonnement des *arditi* qui s'agitaient tout autour. Quant aux carabiniers, rien : muets et butés, les yeux baissés, comme s'ils avaient honte. Mais peut-être voulaient-ils simplement surveiller les bardas, également gris-vert, et informes, mais si lourds qu'ils avaient entassés par terre en s'arrêtant : c'était plein de choses, et ils comptaient tout rapporter chez eux. Ils ne le savaient que trop, en des occasions pareilles, les mains ont vite fait de se tendre dans la cohue ; et après, ce qui est pris est pris, et tu peux dire au revoir à tes affaires. Et même les bas de soie noire que tu as achetés pour ta fiancée.

À dire vrai, l'officier aussi a un bagage, mais ce n'est pas un sac à dos ni un balluchon de toile, non : au contraire, c'est une merveilleuse valise bourgeoise, noire, avec une serrure de laiton. Il l'avait posée à ses pieds et il avait réussi à la recouvrir à moitié avec un pan de sa capote, pour ne pas attirer l'attention ; mais, dans le feu de la discussion, il finit par la dévoiler un peu, et plus d'un, dans le groupe des *arditi*, l'indiqua du doigt à ses amis, goguenard.

Cette valise, ce cuir sombre et ces ferrures respiraient une telle solidité bourgeoise et d'avant-guerre qu'ils intimidaient la tourbe ; en même temps, leur présence en ces lieux avait je ne sais quoi de mystérieusement impudent, qui excitait l'irritation collective.

Mais l'officier n'avait pas le loisir de s'occuper de sa valise, car, après force gesticulations, deux officiers des *arditi* s'avançaient d'un air résolu.

« Capitaine, ne m'obligez pas à vous rappeler que vous et vos hommes avez juré obéissance au Commandant ! s'exclama l'un des deux, d'une voix rendue stridente par l'émotion, et par son effort pour se faire entendre de la foule.

– Allons donc ! Quant à vous, ne m'obligez pas à vous rappeler que, bien avant de jurer obéissance au Commandant, nous avons tous juré fidélité au roi ! répliqua le capitaine, avec un geste dédaigneux du menton. Et c'est aujourd'hui le gouvernement du roi qui nous ordonne de partir ! » poursuivit-il, extirpant théâtralement un papier tricolore des plis de sa capote.

Un murmure accueillit ce geste, et de nombreuses personnes regardèrent par terre. En effet, la place était recouverte de ces tracts blanc, rouge et vert, qu'un biplan gouvernemental avait largués sur Fiume ce matin-là. (On le voit, après la signature du traité de Rapallo, le général Caviglia avait reçu de Rome de nouveaux ordres, plus pressants : et il n'avait nullement été fâché de les mettre à exécution.) Après cela, il avait plu, et ces monceaux de papiers colorés avaient commencé à se décomposer sur le pavé crasseux ; mais le capitaine des carabiniers tenait à la main un tract qui paraissait tout neuf, on comprenait qu'il l'avait plié après l'avoir ramassé et qu'il l'avait aussitôt fourré dans sa poche.

« Ici, la seule personne habilitée à représenter le gouvernement du roi, c'est le Commandant D'Annunzio ! insista l'*ardito*. Et je vous dis que vous et vos hommes ne sortirez pas d'ici sans un laissez-passer du Commandant !

– Ah oui ? Et moi, je vous dis que ce n'est pas vous qui allez m'en empêcher ! »

L'autre fit un pas en arrière et ricana, montra de la paume de la main les *arditi* qui murmuraient tout autour.

« Peut-être pas moi, mais eux, sûrement », lança-t-il. Le capitaine des carabiniers pâlit.

« Honte sur vous, lieutenant ! Comment, après cela, comptez-vous faire régner la discipline parmi vos hommes ? Mais j'oubliais : ici, cela fait déjà un bout de temps qu'on ne sait plus ce qu'est la discipline ! Bel exemple pour l'Italie ! »

Puis il se tourna brusquement vers ses hommes.

« Allez, les gars, sac au dos, et en route ! L'armée régulière est à Cantrida : dans moins d'une heure, nous serons loin de cette maison de fous.

– Je vous interdis… commença l'autre officier, qui n'avait rien dit jusqu'à présent ; il arborait une grande coiffure africaine, qui semblait frisée au fer, s'élargissant, vaporeuse, dans le vide, et une petite moustache naissante ; mais la figure était celle d'un gamin. Le capitaine des carabiniers lui jeta un regard de mépris.

« Mais que voulez-vous m'interdire, vous, avec des cheveux pareils ? Vous devriez avoir honte ! Un officier italien ! »

Pendant que le lieutenant rougissait et reculait, le capitaine empoigna sa valise. Les carabiniers avaient jeté leurs sacs sur le dos. Apparemment, l'incident était clos.

Mais, parmi les *arditi*, le bourdonnement était de plus en plus fort. L'un d'eux, qui se tenait au premier rang, la paupière tailladée par une longue cicatrice blanchâtre, se pencha pour murmurer à l'oreille de son voisin.

« Dis donc, ça ne te dit rien, toi, ce capitaine ?

– Et comment ! confirma l'autre. Il commandait le détachement à Santa Maria La Longa. »

L'homme à la paupière tailladée acquiesça.

« Dommage qu'on ne l'ait pas zigouillé comme les autres », murmura-t-il.

Cependant, le capitaine et ses soldats avaient fait quelques pas, mais avaient bientôt dû s'arrêter. Autour d'eux, les *arditi* grommelaient.

« Et alors ? Êtes-vous des soldats italiens ou des brigands ? hurla le capitaine des carabiniers. Je vais vous le dire, moi : vous étiez des soldats italiens, mais ici, vous êtes devenus des brigands ! Et c'est pour ça que tout foire ! De l'ordre, voilà ce qu'il faudrait ! De la discipline ! Mais vous, vous ne vous rappelez même plus ce que c'est, l'ordre et la discipline ! Pauvre Italie ! »

Un murmure de dérision parcourut les rangs des *arditi*. Un d'abord, puis un autre entonnèrent une chanson, à voix basse et moqueuse.

Il n'y a plus d'ordre, de discipline
Tout se débine, tout se débine...

Le capitaine blêmit de colère : c'était l'air de *Bandiera rossa*.

« Laissez passer ! » hurla-t-il. Les *arditi* ne bougèrent pas, mais continuèrent en sourdine ce chœur lancinant.

Il n'y a plus d'ordre, de discipline
Tout se débine, tout se débine...

Le capitaine, livide, sortit son pistolet. « Laissez passer ou je tire ! » répéta-t-il.

Un des *arditi* fit un pas en arrière. Les autres demeurèrent à leur poste, mais on voyait qu'ils commençaient à se sentir mal à l'aise. Ils étaient presque tous sans arme. Mais derrière eux, il y avait la foule, et elle s'était même mêlée aux soldats. Quelqu'un siffla. Une jeune fille s'avança et cracha. Le crachat resta, telle une décoration d'un nouvel ordre, comme un éclat argenté accroché sur la capote du capitaine.

« Cecilia ! Viens ici tout de suite ! »

Une grosse dame en sueur, portant un chapeau noir et ample comme une aile de corbeau, prit la jeune fille par le bras. Cecilia voulut se libérer, mais n'y parvint pas ; elle était en sueur, elle aussi, son chapeau de guingois, mais elle fut entraînée. Cependant, d'autres femmes s'étaient avancées et crachaient ; et quelques ouvriers commençaient à ramasser des pierres.

« Eh bien, que se passe-t-il ? »

La voix nasale et métallique résonna, très caractéristique.

Le Commandant était là, enveloppé dans son pardessus au col de loup, coiffé de son chapeau de chasseur alpin, et, bien qu'il fût beaucoup plus petit que le capitaine des carabiniers ou que les *arditi* qui l'entouraient, il parvenait, Dieu sait comment, à avoir l'air de tous les considérer d'en haut : peut-être cela était-il dû à cette façon qu'il avait de mettre les poings sur les hanches, ou à ce carreau devant l'œil...

« Alors, que se passe-t-il ? Capitaine, voulez-vous avoir la courtoisie de me l'expliquer ? répéta-t-il, agacé.

– Mon Commandant, je vous demande de nous relever, mes hommes et moi, de notre serment. Nous comptons quitter Fiume aujourd'hui même », déclara le capitaine des carabiniers, d'un air sombre. La valise noire était là, posée à ses pieds. Son pistolet avait disparu dans les plis du manteau.

Le Commandant le considéra avec la curiosité d'un entomologiste : on aurait dit que, à la place d'un monocle, il avait calé une loupe devant son œil.

« Vous voudriez donc nous abandonner, vos camarades et moi ? » s'informa-t-il, glacial.

Pour toute réponse, l'autre lui tendit le papier tricolore. Le Commandant le prit entre deux doigts de sa main gantée, le déplia presque avec dégoût, et commença de lire, d'une voix forte et monotone :

Commandement des troupes royales en Vénétie julienne. Nous, chevalier de Grand-Croix, général d'armée Enrico Caviglia...

Il baissa le papier, regarda autour de lui. Tout le monde était pendu à ses lèvres. Satisfait, il ajusta son monocle dans l'orbite et reprit :

... suite aux instructions qui nous ont été transmises par le gouvernement royal, nous ordonnons à tous les membres des forces armées royales, actuellement éparpillées sur le territoire de l'État

de Fiume, de regagner sans retard le territoire national et de
se mettre à la disposition de leurs commandements respectifs.
Quiconque que ce soit, enregistré sur les rôles de l'armée royale ou
de la marine royale, n'obtempérera pas aux présentes directives...

Gabriele s'interrompit, avec un sourire sardonique. Il leva la tête et fixa le capitaine des carabiniers, en se mordillant les lèvres ; puis, lentement, son œil fit le tour de la place, en quête des *arditi* et des civils, recherchant tout particulièrement le regard des officiers, qui s'étaient rapprochés.

« Quiconque que ce soit ! »

En entendant le timbre ironique avec lequel sa voix avait résonné, l'hilarité commença à serpenter dans les rangs.

« Quiconque que ce soit ! répéta-t-il, incrédule et dédaigneux. Et vous voudriez, capitaine, obéir à un général qui écrit de la sorte ?

– J'obéis à mes supérieurs et au gouvernement du roi ! rétorqua sèchement le capitaine.

– Vraiment ? constata le Commandant. Eh bien, nous, ici, nous désobéissons. Vous le saviez ? Ou bien vous l'ignoriez ? Cela fait plus d'une année que je désobéis. Le verbe obéir, cher capitaine, est trop vieux, quoique garibaldien ; et les temps ont changé. Les mots historiques doivent rester dans les livres d'école, approuvés par les supérieurs. Aujourd'hui, obéir à de tels ordres, cela veut dire trahir ! »

La foule s'échauffait. Plusieurs *arditi* s'étaient souvenus qu'ils avaient leur poignard à la ceinture. Les soldats, qui, désormais, ne craignaient plus seulement pour leur barda, s'étaient serrés autour de leur officier – de sa valise, surtout. Il émanait d'elle une protection magique, tant était grand le respect qu'elle continuait d'inspirer, malgré les murmures, à toute l'assistance.

« Capitaine, vous voudriez me trahir, et trahir Fiume, simplement parce qu'un aéroplane stipendié vous a chié sur la tête ce morceau de papier qui usurpe ses couleurs ! Eh bien sachez que Son Excellence Caviglia, "Quiconque que ce soit", m'a écrit, à moi aussi. Tenez, j'ai justement son billet ici, qui n'est pas moins déshonorant que le vôtre. » Et, d'un geste théâtral, il sortit d'on ne sait quelle poche de son ample pardessus un nouveau papier, qu'il juxtaposa au premier : par comparaison, il était petit, et tout blanc. Le Commandant ajusta son carreau à son œil et commença à lire, d'un ton plus monotone encore, la bureaucratique missive par laquelle le général Caviglia, par ordre du gouvernement, l'invitait à évacuer Fiume sans effusion de sang. La lettre n'était pas dépourvue d'éloges outrés : pour faire passer la pilule. Dès le début, le Commandant tomba sur les mots « héros karstique ». Il laissa choir son monocle et commenta, goguenard : « C'est-à-dire moi. » Puis il continua sa lecture, indifférent aux ricanements, et quand il l'eut finie replia le papier et l'escamota aussitôt.

« Vous voyez, capitaine, à moi aussi, on me demande de partir, et, en me le demandant à moi, on le demande à eux tous », ajouta-t-il, en indiquant d'un ample mouvement du bras la place remplie d'uniformes gris-vert. « Et vous, poursuivit-il en se tournant vers les *arditi* et en haussant encore le ton, d'une voix devenue soudainement d'airain, allez-vous partir, vous aussi ? Je vous regarde dans les yeux et je vous connais ! Vous êtes avec moi, éperdument avec moi, tous, vous avez juré : vous êtes avec moi autant que les premiers qui jurèrent à Udine, le 31 août, il y a déjà plus d'une année, sur deux drapeaux et sur un poignard. J'ai reçu cette lettre hier et, ce matin, j'ai répondu à "Quiconque que ce soit" qu'il vienne nous déloger, s'il l'ose. J'ai écrit cela d'une fort bonne encre. À présent, il faut, vous m'entendez ? il faut que nous restions. Nous avons la face au soleil, et le vent du Carnaro pour entretenir notre fièvre. Au barrage de Cantrida, vos camarades installent déjà les mitrailleuses. Auriez-vous l'intention de les trahir ? »

La foule hurla, elle hurlait toujours. Sous ce déluge de « Non ! », le capitaine des carabiniers et ses hommes inclinèrent la tête. Le Commandant se planta devant lui, jambes écartées, poings sur les hanches.

« Je ne vous délie pas de votre serment ! Vous resterez ici, à Fiume d'Italie, que vous avez juré de défendre ! »

Il se retourna pour haranguer la foule. Mais ne prononça qu'une phrase, qui suffisait.

« Qui reste fidèle ?

– Nous ! » grondèrent les *arditi* en délire.

Le Commandant se tourna vers moi, qui, pendant tout ce temps, étais resté planté derrière lui, également blotti dans mon manteau gris-vert, et la main, invisible, posée sur l'étui du pistolet.

« Ça suffit, allons-nous-en. Je suis las. »

Nous remontâmes en voiture. Pendant que nous faisions route vers le Palais, Gabriele tamponnait de son mouchoir la sueur qui perlait sur son grand crâne chauve.

« C'est épuisant ! Quand je pense que j'étais simplement sorti pour acheter du parfum ! » dit-il enfin, en grimaçant.

J'étais assis à côté du *chauffeur**; je me retournai, et vis que le Commandant paraissait avoir vieilli d'un coup.

« Le jour où je n'aurai plus envie de mener le bal, tout le monde partira, murmura-t-il.

– Sur ta musique, ils ne cesseront jamais de danser, le flattai-je.

– Tu crois ? » répliqua-t-il, avec un fond de lassitude que je ne lui connaissais pas. « Peut-être, mais tu ne peux savoir comme c'est épuisant ! continua-t-il. Pour tenir en rang tous ces gens qui ont l'habitude de danser sur une tout autre musique, et qui n'avaient jamais voulu entendre parler d'honneur ou de fidélité ! La seule musique que les Italiens aient dans le cœur, c'est celle de Leoncavallo : *Paillasse*, voilà le mélodrame national !

– Là, tu es injuste, mon Commandant, protestai-je.

– C'est possible, c'est possible, murmura-t-il. Je suis las, répéta-t-il. Qu'est-ce que tu as à me dévisager ? ajouta-t-il, agacé, remarquant l'inquiétude de mon regard.

– Tu devrais prendre un peu de repos.

– Quand cesseras-tu de rabâcher ? Tu me l'as déjà dit hier, tout le monde me le dit ! Tu devrais laisser ça aux autres ! Tu vas pas me casser les couilles, toi aussi ! s'exclama-t-il, maussade.

– Tu devrais prendre un peu de repos, insistai-je, obstiné. Regarde-toi dans un miroir : si ça continue, c'est toi qui vas te briser ! »

Il ricana, cette idée l'amusait.

« Je sais, je sais, tous les matins, je me regarde dans le miroir. On dirait mon masque mortuaire, n'est-ce pas ? Tu vas bientôt me dire que je ne dois plus me montrer parmi les légionnaires, que je vais leur saper le moral.

– Tu te consumes, constatai-je. Il faudrait que quelqu'un te décharge d'une partie de ton travail. Parler aux troupes, par exemple, il y en a plein qui sauraient faire ça. En Russie, c'est ce qu'ils font, ils ont des commissaires dans toutes les unités, et même dans les compagnies, dont la seule occupation est de parler aux troupes, pour leur remonter le moral. Pourquoi ne pas faire cela, nous aussi ?

– Tu parles, dit-il en riant. Déjà qu'on me prend pour un bolchevik, il ne manquerait plus que je nomme des commissaires à la propagande ! Et puis nous n'avons pas besoin de cela. Ce n'est pas une bonne idée de trop remplir la tête des *arditi* : je parle déjà trop. Non, tu sais ce que nous allons faire, plutôt ? Au musée Grévin, à Paris, on montre ma statue en cire, un Gabriele D'Annunzio absolument parfait, avec le monocle, le bouc, la moustache recourbée vers le haut. Il faudrait envoyer quelqu'un pour la voler, et nous pourrions l'exposer à la fenêtre du Palais, toute la nuit, même, pour faire croire que je suis là, au travail ; pendant ce temps, je pourrais me reposer pour de bon, et, pourquoi pas, partir pour quelques jours ! »

Puis il soupira, tandis que l'automobile s'engageait dans l'allée conduisant au Palais. « Au lieu de quoi, veux-tu que je te dise ce qui va se passer ? Quand cette équipée sera terminée, je me ferai donner cette statue de cire et je la mettrai dans ma maison de Venise, près de la fenêtre. Comme ça, les gondoliers pourront me faire voir aux touristes : regardez, là-haut, c'est le Poète ! Évidemment, j'exigerai de toucher une commission sur leurs bénéfices. »

Au loin, sur l'Adriatique, un banc de nuages noirs s'amoncelait, et le vent qui venait de se lever les poussait rapidement vers la terre. L'orage se préparait.

6

La chair du Carnaro

« Il ne les a pas coupés assez court, décréta sévèrement Gabriele, lissant des doigts le peu de cheveux qui lui restaient. Rappelle-moi que je dois chercher un nouveau coiffeur. Du reste, je n'en ai jamais trouvé un qui vaille ce Mignonneau de Paris. Savoir s'il est encore de ce monde ; depuis la guerre, tout le monde a disparu. » Écarquillant son œil valide devant le miroir, il repéra un poil qui lui déplaisait, tenta de le saisir à l'aide d'une pince à épiler, puis d'une autre ; il en possédait tout un assortiment, qu'il avait soigneusement étalé sur une bande d'étoffe verte. Enfin, il perdit patience, déplia un rasoir au manche d'ivoire et décapita net le poil disgracieux.

« Je vais prendre un bain, décida-t-il en se frottant les mains. Pendant ce temps, essaie de trouver Italo et envoie-le-moi, j'ai des commissions à lui confier. » Italo, dont il n'a peut-être pas encore été question dans ces pages, était l'ordonnance du Commandant, un homme très précieux. Tout cul-terreux de Frascati qu'il fût, il mettait un point d'honneur à ressembler à son patron, et il croyait y parvenir en parlant comme Lui écrivait. Ainsi Italo appelait-il Fiume « la Cité holocauste », même quand il consultait l'indicateur des chemins de fer (« Voyons voir, à quelle heure le direct de Venise arrive-t-il dans la Cité holocauste ? »). En dehors de cela, c'était un homme plein de ressources. Quand je le trouvai, il avait fini de balayer les cheveux sur le sol et était absorbé dans une mystérieuse opération. Il avait étalé sur la table toute une série de petits sachets, comme ceux qu'utilisent les philatélistes, et il y répartissait les mèches de cheveux avec une précision d'apothicaire.

« Le Commandant a besoin de toi. Mais que fais-tu ? demandai-je, perplexe.

– Je les mets de côté pour les admiratrices du patron », répondit-il, comme si rien n'était plus évident. Les uns après les autres, il léchait les sachets et les collait.

« Elles te le demandent ? dis-je en riant.

– Assez souvent, oui. Vous savez bien, les femmes sont folles ! »

Un brusque soupçon me saisit.

« Et combien te paient-elles ? demandai-je.

– Capitaine ! répondit Italo, indigné. Les parties du corps de Gabriele D'Annunzio n'ont pas de prix ! »

À une telle sortie, il n'y avait rien à répliquer.

« C'est vrai. Bon, va voir ce qu'il veut », ricanai-je ; mais à ce moment-là on frappa à la porte.

« Italo ! Oh, Italo ! » appela de l'extérieur une voix aux intonations tout aussi paysannes.

L'ordonnance ouvrit. C'était un des *arditi* de garde, un camarade à lui ; et, derrière, à demi cachée, une femme.

« Oh, Italo ! Y a la p'tite dame qui dit qu'elle doit voir l'Commandant.

– Bah ! répondit Italo. J'crois qu'il est dans son bain !

– Eh ben ? Justement », ricana l'autre. La femme, derrière lui, se tenait dans la pénombre : mais on voyait qu'elle tremblait comme une feuille.

« Venez, mademoiselle, je vais vous accompagner », proposa galamment Italo en s'effaçant devant elle. Elle franchit le seuil et je l'observai avec curiosité, mais, d'abord, ne la reconnus pas ; je ne voyais qu'une petite catin à la robe trop courte et à la face enfarinée. Tiens, tiens ! me dis-je ; mais j'étais trop paresseux pour prolonger cette pensée. Et surtout, j'avais à faire.

« Italo ! Je pars, tu t'occupes du Commandant ? » lui lançai-je en me dirigeant vers la porte. L'ordonnance fit un signe de la tête, comme pour dire, ne vous inquiétez pas, je m'occupe de tout, il est en de bonnes mains ; et il précédait la visiteuse sur le seuil du bureau. Quand il eut refermé derrière lui, seulement, je me souvins où j'avais déjà vu cette petite frimousse de phtisique ; j'avais peine à le croire, mais la ressemblance était frappante, il n'y avait pas d'erreur possible. En tout cas, il était trop tard : au-delà de cette porte close, dans une telle situation, il était interdit de s'aventurer. Je frappai doucement, au cas où Italo serait revenu à portée d'oreille ; mais je n'entendis personne.

Cependant, Gabriele venait de laisser choir sa robe de chambre de soie sur le tapis afghan, et, dans cet appareil, nu, mais le monocle toujours vissé dans l'orbite, il tâtait du bout d'un pied l'eau chaude de la baignoire.

« Ah, très bien, viens voir », commença-t-il, devinant la présence familière d'Italo dans la pièce voisine, derrière la porte close. Mais Italo le coupa avec une petite toux, dont le Commandant connaissait parfaitement la signification ; si bien qu'il ne s'offusqua point d'être interrompu, et se tut, attendant la suite.

« Commandant, il y a ici une demoiselle qui demande à vous voir. Le capitaine a dit que vous ne pouviez pas recevoir, improvisa Italo à toutes fins utiles, mais la demoiselle a insisté, elle devait vous voir tout de suite.

– Oh, tout de suite ! Tu as vite fait de dire tout de suite ! » commença Gabriele ; mais c'est alors que quelque chose d'absolument imprévisible l'interrompit. Entre le corps bien nourri d'Italo, vêtu d'un uniforme de belle coupe, cadeau de son patron, et le montant de la porte venait de se glisser la tête d'une garçonne maquillée, les cheveux blonds et courts, et un minois pointu, où brillaient deux yeux trop bistrés et luisants de folie.

« Tout de suite, Commandant, pour l'amour de Dieu ! » implora la garçonne. Par chance, Gabriele n'avait pas encore retiré son monocle : de sorte que, contrairement à moi, et grâce à ses dons de physionomiste, il reconnut aussitôt la fille Cosulich. Quoiqu'il ne se la fût jamais représentée peinturlurée de la sorte. Comme il était nu, il n'avait pas vraiment le choix. Il se baissa pour récupérer sa robe de chambre et l'enfila rapidement, il ramassa son monocle qui, dans le mouvement qu'il fit en se penchant, s'était délogé de l'orbite et se serait brisé en mille morceaux si sa chute n'avait été amortie par la soie de la robe de chambre, il le cala de nouveau devant son œil, puis, d'un ton protocolaire, dit : « Mais je vous en prie, mademoiselle, ne restez pas debout, installez-vous dans mon bureau ! »

Il y a quelque temps, avant la guerre, Italo a débarqué à Milan et est venu me trouver. Il m'avait annoncé sa visite par une lettre dont la suscription était ainsi conçue :

À M. le commandeur Tom A.
Dieu le père de Milan.

Aussi incroyable que cela puisse paraître, la lettre m'était arrivée. Je l'invitai à déjeuner, et pendant que nous nous empiffrions chez Savini, nous évoquâmes, Dieu sait pourquoi, entre tous les épisodes qui auraient pu nous revenir à la mémoire, cet après-midi-là. Bien qu'il ne fût pas, par tempérament, porté aux songeries, Italo en avait été tellement frappé qu'il n'avait jamais cessé de le retourner dans son esprit.

« Oh, c'était pas grand-chose. La garçonne, j'veux dire. Eh ben, tu m'croiras ou pas, mais j'ai plus jamais pu m'l'enlever du ciboulot. »

(On le sait, les temps ont changé, nous nous sommes rapprochés du peuple, et le vouvoiement est tombé en désuétude. Et puis n'étions-nous pas deux vieux frères d'armes, n'avions-nous pas participé aux mêmes batailles oubliées ? Bref, il me tutoyait.)

Pour l'amuser, j'essayai d'imaginer les angoisses qui devaient avoir tourmenté la jeune fille au moment où elle s'était décidée à mettre son projet à exécution. Italo buvait et riait. « Oh, bon sang, on voit qu't'es écrivain. Des fois, on dirait qu't'es le Poète réincarné, bénie soit sa grande âme !

– Tu ne la vois pas, improvisais-je, dans sa chambrette toute rose ? Elle enfile ses bas de soie, les tend sur sa cuisse maigrichonne, hein, elle était vraiment maigre : puis elle attache les boutons des porte-jarretelles. En même temps, elle claque des dents et a la chair de poule. Elle claque si fort des dents que son cerveau est ballotté dans sa tête et qu'elle en oublie ce qu'elle a à faire : à la fin, elle s'en souvient, et elle tend le bas sur l'autre jambe. Puis elle se dirige vers le miroir, mais ce simple mouvement de ses cuisses, qu'en penses-tu Italo ? lui fait venir à l'esprit une autre idée.

– Laquelle ? s'enquiert Italo, sincèrement intéressé.

– Eh bien, elle glisse une main dans sa culotte, je n'en ai pas connu une seule qui ne fasse pas ça, elle tend un doigt pour fourrager un peu là-dedans, puis elle se le met sous le nez et renifle. Après quoi, rassurée, elle va s'asseoir à sa *toilette* et se maquille, la poudre et tout. Tu te rappelles comme elle était peinturlurée ?

– Si je m'en souviens ! » ricana Italo.

Bien sûr, les jeunes filles de la bonne société n'avaient pas coutume de se farder aussi outrageusement : qu'a-t-elle bien pu penser quand elle s'est rendu compte que, dans le miroir, une petite catin des rues la regardait ? Elle a dû prendre peur. De toute façon, il n'y avait personne à la maison, en dehors de la servante ; la mère était en visite chez ses amies, et le père était parti, je ne sais où, disons en Suisse, pour ses affaires. Bref, elle se sera armée de courage et aura fourré dans son sac à main du rouge à lèvres et un flacon de parfum : le plus suave, le plus écœurant, celui-là même que sa mère n'avait eu besoin de sentir qu'une seule fois pour lui interdire de le porter. Il a l'habitude de ses putains, pensait-elle, eh bien moi, je serai autant parfumée qu'elles.

Je m'interrompis, sortis deux cigares et en offris un à Italo. Il nous fallut un peu de temps pour les allumer : ils tiraient mal.

« Et puis ? » voulut savoir Italo. Il avait les yeux qui brillaient.

Et puis, et puis ! Eh bien, une fois la porte refermée derrière elle, la voilà qui court, j'imagine, trébuchant sur ses talons trop hauts, jusqu'à la première station de taxis. Le chauffeur lui lance un regard oblique, mais ne cille pas quand elle lui ordonne, d'une petite voix trop aiguë, de la conduire au Palais. Juste avant d'arriver, elle ouvre son sac et commence, en toute hâte, à se remettre un peu de rouge, d'une main tremblante. Le chauffeur acquiesce en son for intérieur, de l'air de celui qui a tout compris, puis il hausse les épaules et continue à rouler sans prononcer un mot. Elle regarde dans le rétroviseur ses cheveux coiffés à la garçonne, et elle regrette d'avoir tant insisté pour que sa mère accepte de lui laisser adopter cette coupe : elle en est convaincue, Il doit aimer enfouir ses doigts dans une chevelure épaisse. Dire que, l'été dernier, elle avait encore sa longue tresse ! Lorsqu'ils sont arrivés au Palais, le chauffeur, qui y a déjà conduit d'autres visiteuses du même genre, a un petit sourire lascif et ouvre la bouche pour demander : je reviens te chercher dans une heure ? mais Cecilia lui jette l'argent de la course à la figure et s'élance en titubant vers la porte.

« Bon Dieu ! Ça s'est vraiment passé comme ça ? » s'informa Italo, avec un sourire béat, soufflant vers le plafond la fumée de son cigare.

« Bien sûr ! » confirmai-je. Cette histoire m'amusait, j'avais envie de poursuivre, d'introduire de nouveaux personnages. Les *arditi* de garde, par exemple : je jurerais qu'ils la croient sans faire de difficulté. Évidemment, ils en ont vu bien d'autres. L'un d'eux s'est détaché du groupe et l'a précédée jusqu'en haut du grand escalier, puis à travers d'interminables couloirs. Une dactylographe pointe la tête sur le seuil d'un bureau, elle hume l'air, fait la grimace : qu'est-ce que le Commandant peut trouver à une fille qui se parfume comme ça ! Même l'*ardito*, sans rien laisser paraître, s'interroge sur les goûts du vieux, moins à cause du parfum que de ce petit visage terreux, émacié, et parce qu'on voit très bien, sous le manteau court, que la fille n'est qu'un sac d'os. Pour moi, pense-t-il, je ne dirais pas non, mais lui, il ne peut vraiment rien trouver de mieux ? Évidemment, il ne vient à l'esprit de personne que le Commandant ne l'a nullement convoquée, et que, en cet instant même, il ignore tout de sa venue. Quant à Cecilia, elle monte des escaliers, traverse des antichambres sans rien voir, si ce n'est la démarche indolente de l'*ardito* qui la précède, et un pan de chemise qui sort de son pantalon. Et qui pend ! Y pendouille – semble-t-il dire – comme l'aut' copain, celui de d'vant, pas d'doute. Et le gland du fez se balance, bravache, sur le dos du soldat ; la jeune fille perçoit son odeur de tabac, elle essaye d'apaiser ses claquements de dents qui ont repris, de plus en plus secs, et elle se demande, effrayée, s'il aura, lui aussi, cette odeur ? Et, dans ce cas, pourrai-je me retenir de vomir ?

Italo partit d'un si grand éclat de rire qu'il avala son vin de travers. « Oh, bon Dieu ! répétait-il en hoquetant. J'crois ben qu'tu l'as troussée pour de bon ! Mais comment tu fais ? C'est comm'si je la voyais là, telle comme j'te vois ! Pauv'fille, va ! »

Ce qui s'est passé ensuite, je n'ai pas besoin de l'imaginer : Gabriele me le raconta le soir même, en riant, dans un état d'étrange excitation. Il la débarrassa de son manteau et la conduisit dans le bureau. Cecilia ne comprenait plus rien ; elle ne s'aperçut même pas que le Commandant logeait dans un appartement quelconque du Palais, meublé à l'économie aux frais du budget impérial et royal. Pour donner un peu de publicité à ses nouvelles habitudes et à l'austérité dans laquelle il vivait désormais, il n'avait voulu toucher à rien : ni aux meubles de bois sombre ni aux tissus et aux carpettes élimées, qui sentaient le moisi autrichien. Elle se laissa docilement mener jusqu'à un fauteuil, dans lequel elle s'enfonça en serrant les dents, comme si c'était la porte de l'Hadès : et dès que Gabriele se fut assis devant elle, fixant sur elle, à travers son carreau, un regard interrogatif, elle se lança dans un long récit incohérent. Elle l'avait préparé avant de partir et se l'était répété dans le taxi, mot à mot ; de sorte que les phrases sortaient sans peine, cousues les unes aux autres, et elle était convaincue de faire une forte impression. Cecilia parlait, parlait et cependant, sans qu'elle s'en aperçût, elle se tordait nerveusement les doigts dans son giron, où ses mains, dont elle ne savait que faire, s'étaient abandonnées. Elles étaient si fines qu'on aurait dit qu'elles allaient se briser, et Gabriele, fasciné, ne les quittait pas des yeux. Il ne s'intéressait à rien d'autre : des discours de ce genre, il en avait déjà tellement entendu, ils se ressemblaient tous. Il régnait dans la pièce une chaleur vraiment infernale, le poêle de faïence ronflait à qui mieux mieux, le rimmel commençait à fondre et à couler sur les joues de la jeune fille, l'œil aigu du Commandant la clouait au fauteuil, comme un papillon sous la loupe du collectionneur : encore en vie, mais pas pour bien longtemps.

Cecilia s'interrompit brusquement. Elle ne tremblait plus, elle transpirait.

« Il fait chaud, hein ? » murmura-t-elle en ébauchant un sourire ; et elle fit glisser sa veste, découvrant un chemisier au col de dentelle. En dessous, Gabriele devina deux jeunes tétons qui pointaient à peine, dressant leur petite tête, curieux du monde : deux faons, Salomon avait vu juste, et d'ailleurs il s'y connaissait. « Oui, admit-il avec courtoisie, il fait un peu chaud, j'espère que cela ne vous indispose pas. » Le poêle ronflait : du pur Styrie datant de la fin du siècle dernier, Rumpelmayer de Graz, ils n'en font plus des comme ça. La garçonne, en chemisier, avait perdu le fil de ses idées, mais ses yeux continuaient à scintiller de folie. Dommage, pensa Gabriele, ça aurait valu le coup d'essayer. Mais tâchons de nous comporter en personnes sérieuses. Et puis ils vont m'entendre, les deux là-bas, Italo et Tom, et Tom surtout : il la connaît autant que moi, il m'a bourré le crâne avec les millions du sénateur, et voilà qu'il me l'apporte ici, cette anguille... à moitié nue, en plus, et moi qui avais déjà les pieds dans la baignoire ! Ça suffit, renvoyons-la chez son papa, qu'on en finisse !

« Cecilia, vous ne me connaissez pas, commença-t-il de sa voix persuasive. Je vous rendrais plus malheureuse que vous ne pouvez l'imaginer. Et je ne le veux pas. Elles ne sont déjà que trop nombreuses, celles que j'ai rendues malheureuses, ajouta-t-il, satisfait.

– Alors rends-moi malheureuse, moi aussi, l'interrompit Cecilia avec impatience. De toute façon, il est impossible d'être plus malheureuse que je ne le suis. S'il te plaît, s'il te plaît, rends-moi malheureuse », murmura-t-elle ; et, avant qu'il ait pu l'en empêcher, elle s'était laissée glisser par terre et lui étreignait les jambes sous la soie de la robe de chambre. La chienne Crissa, qui, jusqu'alors, était restée couchée sur un tapis à côté du poêle, souverainement indifférente à ce qui se passait, leva la tête et gronda doucement. On comprenait qu'elle était jalouse : aucun autre animal n'avait le droit de ramper aux pieds du Dieu ; et, cependant, sans un signe de lui, elle hésitait à s'élancer.

« Non, Cecilia. Pardonne-moi. Allez, relève-toi. Je te ferai reconduire chez toi. Que va dire ta mère ?

– Je m'en fiche, de ma mère ! C'est toi que j'aime ! »

Cette fois, Gabriele s'impatienta pour de bon. Il darda sur elle son œil glacial, et ajusta même son monocle, sans pitié. Elle était vilaine, pour commencer : et qui plus est défigurée par le bistre et les larmes !

« Cecilia, ne me forcez pas à faire une scène. Ressaisissez-vous et rentrez tout de suite chez vous, avant que je ne sois obligé de téléphoner à votre papa. »

À ces mots, qui résonnèrent peut-être plus durement qu'il ne l'aurait pensé, Cecilia glissa comme une couleuvre, s'agenouilla et fixa sur son visage deux yeux gonflés de larmes, noircis par le maquillage qui coulait. Elle secoua lentement la tête, comme pour dire que non, elle ne le croyait pas, ça ne pouvait pas se terminer ainsi. Elle se mit debout. Malgré la chaleur du poêle, elle tremblait. Le Commandant s'aperçut qu'elle avait épouvantablement pâli et se leva en hâte : il en avait tant vu s'évanouir, et c'était toujours plus ou moins à ce moment-là ! Heureusement, calcula-t-il, il y avait le fauteuil, à distance de sécurité. Mais la gamine ne s'évanouit pas. Très pâle, la bouche tremblant comme si elle claquait des dents, elle murmura quelque chose à propos de la salle de bains : et le Commandant, très prévenant, lui ayant indiqué la direction d'un geste, elle disparut derrière la porte. La chienne Crissa la suivit d'un regard attentif et soupçonneux, puis se recoucha, mais sans quitter des yeux son maître qui, soupirant, tamponnait avec un mouchoir son grand front chauve, ces bosses admirables.

Pendant un moment, Gabriele fit les cent pas dans la pièce, remettant mécaniquement tel ou tel objet en place.

Il attendait : il est bien connu que les femmes peuvent passer un certain temps enfermées dans une salle de bains. Et celle-là avait à nettoyer toute l'encre de ses yeux ! Ce ne fut donc pas la prolongation de l'attente qui éveilla ses soupçons, mais le silence. Dans cette salle de bains, l'eau ne coulait pas. Diable, pensa-t-il, ne serait-elle pas en train de faire une sottise. Il s'approcha de la porte, tendit l'oreille. Il entendait la jeune fille haleter, rien d'autre. Bon, au moins, elle est en vie, se rassura-t-il ; mais il était quand même temps de la faire sortir de là. Il frappa.

« Cecilia ! »

Rien. Le halètement s'était brusquement interrompu, comme si, de l'autre côté, l'anguille avait retenu son souffle, pour ne pas se faire repérer par le pêcheur.

« Cecilia, s'il vous plaît, ouvrez-moi », insista-t-il. Et il secoua la poignée de la porte.

Quand il répéta le prénom pour la troisième fois, d'un ton en même temps impérieux et effrayé, la jeune fille céda, donna un tour de clef, se pressa contre le mur où elle se recroquevilla, comme par peur d'être battue. Le Commandant vit le chemisier jeté sur le tapis comme un chiffon, les bras nus que cachait mal une serviette de toilette, et, sur la blancheur de l'éponge, un filet de sang. Il pâlit et la lui arracha des mains : il découvrit le petit poing qui serrait convulsivement une lame, les jointures rendues livides par l'effort, et Gabriele reconnut son rasoir au manche d'ivoire. Sur le bras gauche, juste à hauteur du poignet, la jeune fille s'était fait trois coupures, nettes, d'une main qui ne tremblait pas, ou qui tremblait à peine. Elle saignait un peu, mais l'éponge avait déjà bloqué l'hémorragie ; du reste, elle n'avait pas voulu s'ouvrir les veines, mais seulement se faire mal : pour se punir d'avoir échoué. (Quand, enfant, elle faisait cela, on arrêtait aussitôt de la gronder : on l'enveloppait dans des couvertures chaudes, on la mettait au lit, on la veillait toute la nuit, avec des bols de potage.)

Oh oui ! Mais là, pas de potage ! Parce que Gabriele, bouleversé, fit un pas vers elle et murmura son prénom avec une douceur nouvelle. Les doigts s'ouvrirent, le rasoir tomba à terre. Il la prit dans ses bras ; et la créature, qui jusqu'alors avait tordu le cou en direction du mur, pour cacher son visage, le lui offrit brusquement, zébré de rimmel et de larmes, la bouche entrouverte, implorant un baiser.

Dehors, il pleuvait ; et le bruit doux de la pluie sur les carreaux les suivit dans l'alcôve. Entre les jambes de Cecilia, Gabriele découvrit un peu de chair visqueuse, et une petite touffe de poils dorés. Oh, Jason, pensa-t-il aussitôt ; il n'y pouvait rien, c'était naturel chez lui, l'usine d'images ne chômait jamais ; et il aurait pu poursuivre sur ce ton, mais il sut ne pas insister. Il se sentait bien un peu Argonaute, pourtant, tandis qu'il voguait sur cette mer : là où, il le comprenait à certains signes très clairs, aucun navigateur ne s'était aventuré avant lui. Lui, il jouait un rôle qu'il connaissait par cœur, et il s'amusa à inventorier tout ce que la créature ignorait encore. Par exemple, elle ignorait qu'elle avait, en bas, une autre bouche, qui pouvait être embrassée par les lèvres et la langue ; tout comme celle d'en haut. Elle ignorait que, derrière cette bouche obscure, elle en avait une autre encore ; une petite bouche, certes ; un étui, parfait pour y glisser certaines cigarettes : et elle avait été effrayée, tout de suite, mais elle avait serré les dents, décidée à tout endurer, à tout apprendre.

Et elle ne croyait pas que l'on pût rire ! Mais Gabriele la détrompa bientôt ; et la fit rire, et beaucoup, en lui parlant des vingt et un sens que possédait son corps, son corps à lui, je veux dire, « outre ces cinq sens grossiers dont vous, les mortels, êtes dotés ». Puis il chercha et trouva un livre enfoui dans les oreillers, et il guida son doigt où il devait ; et elle écarquilla les yeux en découvrant ce qu'était ce Livre qu'il gardait dans l'alcôve, puis elle rit, plus fort qu'avant, quand elle lut, sur la ligne que désignait le doigt : « L'homme Gabriele vint et me toucha. » Et tandis qu'elle riait, il la conduisit là où il voulait qu'elle aille, et lui dit dans un souffle ce qu'elle devait faire.

Et le coquillage n'eut pas à être forcé, mais s'ouvrit de lui-même... comme aurait écrit Italo, si Italo s'était mêlé de me donner un coup de main pour la rédaction de cette chronique.

Il sentait que, presque aussitôt, elle se contractait, et qu'elle étouffait un cri : elle en avait l'habitude, dans sa chambre, dans la maison vigilante. Mais elle était une élève obéissante : sans tarder, elle recommença à faire son devoir.

« Alors, c'est bien là ce que tu voulais ? murmura le Commandant au bout d'un moment.

– Oui », murmura-t-elle en retour, en s'interrompant un instant.

Il la laissa s'activer encore.

« Et ça te plaît ? demanda-t-il encore, dans un souffle.

– Oh la vache ! » répondit Cecilia, haletante.

Elle avait lancé ces mots avec une telle spontanéité qu'ils charmèrent Gabriele. Il avait l'oreille fine : il entendait de la musique là où d'autres n'auraient perçu que de la boucherie. Il éclata de rire, et elle rit avec lui, sans savoir pourquoi, mais reconnaissante.

Il prit entre ses mains son visage pointu, luisant de sueur.

« Tu es une chose... » murmura-t-il ; et il voulait continuer ; mais Cecilia l'interrompit.

« Oh oui ! Je suis une chose. Dorénavant, je ne suis plus rien, je ne suis qu'une chose entre tes mains. »

Puis elle fit une grimace de douleur, car c'est à peine si sa bouche tuméfiée lui permettait de parler ; mais aussitôt ses yeux recommencèrent à rire. Gabriele avait perdu le fil. Il sourit vaguement, essayant de se rappeler ce qu'il était en train d'inventer.

« Une toute petite chose. Une Cosette. Dorénavant et pour toujours, pour moi, tu seras Cosette », improvisa-t-il, heureux de se rattraper ainsi. Et en lui-même, il songeait : et pourquoi pas ? Elle est maigre et apeurée, comme chez Hugo ! Et puis, se félicita-t-il, s'apercevant à quel point ce nom était approprié, n'est-elle pas la fille des Thénardier ? Il faut que je pense à vérifier, nota-t-il mentalement, mais il me semble que la description lui va comme un gant... (Elle lui allait en effet, nous le vérifiâmes ensemble, un peu plus tard, après qu'il était venu me chercher et m'avait demandé de l'accompagner à la bibliothèque, pour tout me raconter, encore ébranlé par des éclats de rire, tandis que Cecilia/Cosette dormait, à demi ensevelie sous les oreillers : là, dans *Les Misérables*, cette Mme Thénardier était décrite en ces termes : « Une femme rousse, charnue, anguleuse ; le type femme-à-soldat dans toute sa disgrâce. Et, chose bizarre, avec un air penché qu'elle devait à des lectures romanesques. » On aurait dit Mme Cosulich tout crachée. Gabriele ferma le livre et me le rendit, satisfait, le vieux père Hugo ne l'avait pas trahi.)

Cecilia se réveilla au crépuscule. Elle sursauta, effrayée. Il n'était plus là, l'alcôve était déserte. Mais, sur l'oreiller, près d'une rose, était épinglé un billet. Cecilia le déplia et lut :

Douce chose,

Comment vas-tu ? As-tu dormi en paix ? La bouche est-elle encore dolente ou s'est-elle attendrie ? Si tu es lasse, repose-toi.

Moi, je n'ai pas pu fermer l'œil. Je viendrai bientôt te chercher ; mais pas cette nuit. Cette nuit, je dois donner un gage aux vagues. Je le leur confie pour qu'elles le dévorent, comme il l'a mérité.

Je reviendrai ; et je veux retrouver ton empreinte sur les couvertures. Tu me plais tant, et je ne peux pas te manger !

Ariel.

Cecilia s'habilla hâtivement, en frissonnant. Pour la première fois, elle se demandait ce qu'elle allait raconter à la maison. Bah, peu importe, j'inventerai quelque chose ; et, d'un haussement d'épaules, elle chassa cette pensée importune. Elle sentait, entre ses jambes, une brûlure si vive que, après avoir fait quelques pas, elle se mordit les lèvres pour ne pas crier ; mais pour rien au monde elle n'aurait voulu guérir de ce mal. Je ne me laverai plus jamais, pensa-t-elle.

Tandis que je la raccompagnais chez elle en voiture, elle se blottissait dans ses mauvais vêtements trop légers : quand elle était sortie, au beau milieu de l'après-midi, il ne faisait pas encore froid, et du reste la fièvre la rendait insensible ; mais, à présent, elle frissonnait.

« Mettez-vous tout de suite au lit et faites-vous apporter un bon bol de lait chaud », lui conseillai-je. Je n'avais pas pensé au potage. Elle me regarda avec gratitude.

« Et Lui ? » osa-t-elle enfin demander. Je haussai les épaules.

« Je ne sais pas. Le Commandant apparaît et disparaît quand il le veut. Vous verrez, il reparaîtra », ajoutai-je, pour la consoler.

En réalité, je savais très bien où il était allé. À peine avait-il déposé sur les couvertures la rose et le billet, qu'il avait pris deux hommes avec lui et s'était dirigé vers l'embarcadère. En ce moment même, il était au large, à bord d'un canot à moteur armé. À cette distance, la jetée et le port ne se distinguaient plus du profil des montagnes. De l'autre côté, là où le soleil s'était couché, une file de lumières révélait les navires de la flotte italienne, chargés de faire respecter le blocus. L'Adriatique s'assombrissait ; dans sa palpitation accélérée, on percevait déjà la phosphorescence de la nuit. Dans le ciel couleur de pétrole, la lune nouvelle était une poignée de soufre embrasé. Tandis que le canot à moteur traçait son sillon sur l'eau, le Commandant scrutait autour de lui cette grande obscurité luisante, la nuit du Carnaro. Il repensa aux vers qu'il avait imaginés, sur ces mêmes eaux, quelques lunes plus tôt :

Nous sommes trente de même sort,
et trente et un avec la mort.
Nous sommes trente sur trois coques de noix,
sur trois planches de pont :
estomac d'acier, cœur dur
mains machines armes prêtes
cuir dur, dur front
et coude à coude avec la mort.

Mais ce soir-là, il était seul ; les deux hommes à la manœuvre avaient compris qu'il ne fallait pas le déranger.

Après une embardée un peu plus brusque, un peu d'eau salée gicla sur son œil valide, et le fit larmoyer. Maintenant, songea-t-il, dans le vrombissement assourdissant du moteur. De la poche de son blouson de cuir, il sortit un étui, et de l'étui un rasoir au manche d'ivoire, celui-là même avec lequel s'était blessée la chair de Cosette. On distinguait encore, sur la lame, un peu de sang bruni. Gabriele le brandit solennellement, le garda un instant en l'air, puis le jeta dans le vent, et l'eau l'engloutit.

> *Et coude à coude avec la mort...*
> *Eja, chair du Carnaro !*
> *Eja, eja, alalà !*

Il haussa le ton sur les derniers mots, si bien que les deux matelots, surpris, se retournèrent.

« Rien, marmonna-t-il, pour les rassurer. C'est fini. Rentrons. »

Le vent avait forci ; et il apportait des rafales de pluie. Le Commandant repensa à celle qui avait accompagné le rite de l'après-midi, et un élancement aigu de désir le surprit. Il avait cru mentir, quand il lui avait assuré qu'il irait bientôt la chercher. À présent, il n'en était plus aussi sûr. Il ferma les yeux et huma la pluie, espérant y retrouver l'odeur de Cosette, l'odeur qu'il avait sentie entre les jambes de Cosette.

Quant à moi, je savais bien que cela se terminerait ainsi. C'est d'ailleurs pour cela que je ne voulais pas raconter à la jeune fille où il était allé : j'aurais risqué de ruiner ses effets à Gabriele. Si ça continue comme ça, pensais-je, la prochaine fois, il le lui racontera lui-même.

7

Au fond du puits

Il pleuvait à verse. À la maigre lueur du gaz rationné, les rues de la vieille ville étaient luisantes. La pluie martelait les tuiles disjointes sur les toits, le pavé moussu des ruelles, les capotes en toile cirée des sentinelles au barrage de Cantrida.

Quand j'arrivai au quai de la Fiumara, je regardai autour de moi. Delfina m'avait assuré que, lorsqu'elle travaillait, elle se tenait toujours au même carrefour, là où elle nous avait abordés l'autre nuit. Si j'avais besoin d'elle, m'avait-elle dit, les yeux brillant de faim et d'espoir, eh bien, elle logeait à deux pas : elle louait une petite chambre chez une vieille qui ne posait pas de questions. Tant qu'elle avait de l'argent, elle restait là, elle ne voulait pas aller coucher chez les paysans des faubourgs, comme la plupart des filles, et moins encore se réfugier dans quelque ferme abandonnée, comme les plus miséreuses, celles qui s'adaptaient à tout et dormaient là, en bandes.

« Moi, des poux, j'en ai pas », m'avait-elle dit fièrement.

En tout cas, je la trouvai à son poste de combat : cette semaine-là, l'argent du bas de laine ne devait pas suffire à payer la pension. Elle me sauta au cou quand elle me reconnut ; bien qu'elle essayât de s'abriter de la pluie sous un balcon, elle était trempée. Avec l'argent que je lui avais donné, elle s'était acheté un petit chapeau, qu'elle me montra avec orgueil : une cloche de feutre, à la dernière mode, dont s'échappaient quelques mèches de garçonne.

« T'aimes ça, Tom ? Même l'eau, elle l'abîme pas et ça va rudement bien pour cet automne puant ! »

Plus tard, alors que je la serrai dans mes bras, je lui expliquai pourquoi j'étais venu la chercher. J'avais été surpris, moi-même, lorsque Gabriele, levant les yeux des paperasses qui encombraient son bureau, avait parlé des deux filles que nous avions emmenées à l'Ornithorynque, quelque temps plus tôt : en effet, ce n'est pas pour rien qu'il est un mage, il connaît bien mieux le futur que le passé, qu'il a d'ailleurs sérieusement tendance à oublier. Mais quand il avait évoqué les cicatrices sur le corps de la fille, les coups de couteau, donnés de manière délibérée, et les cinquante lires de cocaïne, alors je compris pourquoi il s'en souvenait.

« Supposons qu'il nous vienne l'envie de la retrouver », lança-t-il d'un air distrait. Dès qu'il le pouvait, il prenait tout à la légère ; et le fait qu'il eût dit « nous » au lieu de « je » me parut une telle rareté que je dressais les oreilles. Je connaissais suffisamment Gabriele pour savoir qu'il avait quelque chose en tête, mais qu'il ne me le confierait à aucun prix si je me risquais à le lui demander. C'est pourquoi je me tus.

« Toi, poursuivit-il, avec un soupçon d'irritation dans la voix, tu l'as revue, ta petite amie ?

– Non, pourquoi ? dis-je avec une feinte indifférence, posant le coupe-papier sur la table et m'allumant une cigarette.

– Mais si tu en avais envie, tu saurais où la trouver », affirma-t-il. Ce n'était pas une question.

« Tu veux que j'aille les chercher ? » proposai-je en le regardant d'un air très sérieux. Il grimaça, il était embêté de devoir l'admettre.

« Bah, oui. Puis tiens-moi au courant. »

À l'évidence, il n'avait pas envie de m'en dire davantage. Il garda pour lui l'image des hommes au couteau que, cette nuit-là, son imagination lui avait dépeints : Dieu sait pourquoi, il était certain qu'ils étaient plusieurs. Il garda pour lui, afin de le faire mûrir encore un peu, l'effroi qu'il avait ressenti en découvrant la torture qu'avait subie ce corps, et ce je ne sais quoi de doux qui le troublait. Elle lui avait plu, misérable, couverte de plaies, les yeux embrasés par la lumière équivoque d'une drogue inconnue. Il avait maintenant envie d'en savoir un peu plus sur elle. Et alors ? N'était-il pas Commandant de Fiume ? Il avait le droit, ou plutôt, non, le devoir de jeter son œil unique dans les bas-fonds de la ville.

Delfina se blottit contre moi. Elle s'était rembrunie. Je crus que c'était par dépit de n'avoir été recherchée que pour cela, et je lui caressai les cheveux, pour l'apaiser. Mais, quand elle leva les yeux et me regarda, je vis qu'il s'agissait de bien autre chose : dans ces yeux, il y avait certes de la tristesse, mais aussi de l'épouvante.

« C'est bizarre qu'tu m'demandes ça, Tom, murmura-t-elle. Tu t'souviens, le jour où qu'elle s'est sauvée toute seule de l'hôtel, que j'étais avec toi. Ben, j'l'ai vue ce soir-là, au bord d'la Fiumara, et j'sais pas pourquoi, mais y l'avait rossée. J'sais pas pourquoi, l'Commandant avait dû bien la payer, non ? J'sais pas... J'lui ai d'mandé c'qui était arrivé, mais elle s'est mise à pleurer, à m'dire qu'elle n'en pouvait plus d'cett'vie et qu'elle voulait s'enfuir. Et après, après plus personne l'a vue.

– Mais qui voulait-elle fuir ? », demandai-je, sans comprendre. Delfina eut un petit rire triste.

« Mais tu sais rien, toi ! Nous autres, les Italiennes, des fois, on a un homme, qui mange sur not' dos... pas moi, hein, Tom, moi j'suis seule, moi j'ai personne d'aut' que toi », précisa-t-elle, inquiète ; et quand je lui fis signe de continuer :

« Mais cett' pauvresse, j'sais pas d'où qu'elle venait, d'la Croatie, du Monténégro, du Kosovo, y en arrive tous les jours, parce que depuis qu'vous êtes à Fiume, le bruit a couru qu'y a du boulot ici... »

Je haussai les épaules.

« ... cett' pauvresse est pas arrivée tout'seule, c'est leurs hommes qui les emmènent, y a toute la smala, et y sur-veillent, et y leur prennent tout l'argent, et si les pauvres ont pas envie d'travailler, c'est la pluie de gnons, ou pire... »

Je pensai au couteau. Tout coïncidait.

« Et alors ton amie s'est échappée ? » enquêtai-je. Mais, soudain, ses yeux se remplirent de larmes.

« J'sais pas, Tom. Mais y disent qu'y en a plein qui essaient de s'échapper, et qui ont jamais réussi. Fiume est assaillie, tu l'sais bien. Pour ces fils de chien, c'est d'la rigo-lade, c'est des contrebandiers, avant y faisaient d'la contre-bande de tabac, maintenant d'femmes et d'autres saletés que j'sais pas quoi. Mais elles, ces pauvresses, elles en savent rien, et si elles ont l'idée d'se sauver, y les attrapent et les rossent. Y en a même qu'on r'voit plus. Y disent qu'y les jettent vivantes dans les puits », conclut-elle, d'un souffle.

Comme il est étrange qu'un même lieu puisse évoquer des sentiments si différents, voire opposés : qu'on puisse y mener des existences qui s'effleurent et qui, pourtant, n'ont rien en commun ! La Fiume que nous connaissions, la ville du plaisir et de la joie de vivre, où notre jeunesse s'enivrait de vie et de liberté, se doublait, dans le récit de mon amie, d'une cité nocturne des raclées et de la terreur, des trafics louches, de sous-sols et des masures abandonnées transformées en cours des miracles, ou en geôles, ou pire : telle était, semblait-il, la Fiume de Delfina et de ses camarades. Quand je lui demandai ce qu'elle savait encore, elle ajouta que, après la disparition de la fille marquée au couteau, dont elle ne se rappelait pas le nom, une autre avait aussitôt pris sa place : elle faisait le trottoir au même coin de rue, ce qui était le signe certain, dit Delfina, qu'elle obéissait à la même bande, et ils l'avaient sûrement fait venir exprès, pour remplacer la pauvrette ; et de tout cela, Delfina déduisait, oui, déduisait ! avec une logique implacable qui aurait fait honneur à un commissaire de police, qu'ils avaient éliminé la première. Elle finit par avouer qu'elle avait même une idée de l'endroit où cela s'était passé. Parce que cette fille, le jour, ils la gardaient avec d'autres dans une ferme abandonnée, du côté de Sussak, dans une campagne stérile, où plus personne n'habitait ; elle, Delfina, y était allée, avec un client, expliqua-t-elle en rougissant, un soir où elle n'avait pas de quoi payer sa chambre, et là-bas c'était plein de coins sombres, on pouvait s'installer assez commodément sur la paille ou sur des vieux chiffons ; et dans un angle de la cour, il y avait un puits, noir, profond, devant lequel elle avait toujours éprouvé un sentiment d'horreur...

Dans le restaurant de la place du Figuier, le patron déposa sur la table une soupière de riz nageant dans le jus de viande. Une douzaine de légionnaires étaient attablés.

L'apparition du plat fut saluée par un bref applaudisse-
ment, qui s'éteignit aussitôt dans la manœuvre fébrile des
cuillers : chacun avait peur de se laisser distancer, et c'était
une compétition formidable.

« S'ils réessaient, cette fois, il faudra leur tirer dessus »,
déclara un chasseur alpin, la bouche pleine.

Depuis quelques jours, on ne parlait que de la tentative
de désertion des carabiniers. Une tentative, vraiment ?
Peut-être un peu plus. Depuis cette fameuse matinée, le
détachement avait regagné la caserne, mais le capitaine
avait disparu avec sa valise : l'opinion commune était qu'il
était fort capable d'avoir filé habillé en bourgeois.

De nombreux hommes acquiescèrent, convaincus.

« Mais ça ne suffit pas, renchérit un autre. Il faut qu'on
soit tous d'accord. Il faut réunir toute la troupe et tous
jurer que, si quelqu'un parle encore de s'en aller, on lui
tire dessus.

– C'est juste, approuva un légionnaire.

– Et comment ! reprit le dernier qui avait parlé. C'est
comme ça qu'il faut faire. On va pas attendre les ordres
des officiers. C'est nous qui décidons. Un soviet, voilà
ce qu'il faut qu'on fasse. On se rassemble tous, tous les
volontaires, on fait le soviet des soldats. Et là, on décide. »

Les uns écoutaient en acquiesçant ; les autres buvaient
le vin rouge du patron d'un air pensif.

Il y avait là, aussi, l'homme à la paupière tailladée. Il se
pencha pour parler à l'oreille de son voisin.

« Ils parlent, ils parlent, mais ils n'ont pas d'estomac. Le
moment venu, je voudrais les voir tirer sur un camarade. »

L'autre fit une grimace.

« Les carabiniers ne sont pas des camarades », objecta-
t-il.

L'homme à la paupière tailladée parut frappé par ce raisonnement.

« C'est vrai, concéda-t-il. Ceux-là, il faut leur tirer dessus en premier. Comme on faisait à Santa Maria La Longa. »

Il se mit à ruminer. Il avait le vin triste, et celui qu'on servait n'était pas bon. À dire vrai, à Santa Maria La Longa, lui et ses copains n'avaient tué qu'un seul carabinier ; mais il avait entendu parler d'autres qui l'avaient fait. Là bas, tout le monde les détestait, les Frères Branca[1]. C'est à Santa Maria La Longa que siégeait le tribunal militaire et que, presque chaque jour, à l'aube, on fusillait. Le terrain d'entraînement des *arditi* était situé à quelques kilomètres de là seulement. Quand il y avait des exécutions, ils étaient les premiers à le savoir. Le moral chutait alors en dessous de zéro. D'après le règlement, les condamnés devaient être fusillés par des hommes appartenant au même régiment qu'eux, mais bien souvent, par diplomatie, les officiers préféraient renoncer et faisaient appel aux carabiniers. Il y avait un détachement au village, ils avaient réquisitionné l'hostellerie et l'avaient transformée en caserne, et ceux-là ne refusaient jamais. Ceux qui formaient les pelotons d'exécution touchaient même double ration de vin.

L'homme à la paupière tailladée cracha par terre, prit la carafe et se servit un autre verre. Le vin était vraiment mauvais. On le buvait dans des verres aux parois épaisses.

« Alors comme ça, vous avez tiré sur les carabiniers ? s'informa le voisin, à voix basse.

---

1. Surnom des carabiniers, par allusion à une distillerie célèbre. (N.d.T.)

– Moi, je ne l'ai fait qu'une fois, avoua l'homme. On l'a eu du premier coup, il y avait une belle lune. Il était bien à cinquante mètres. Un ami à moi a essayé deux ou trois fois, et il n'a jamais eu de chance. Moi, j'ai essayé que cette fois-là, et on l'a tué. Puis on nous a envoyés au front. »

Ils avaient tendu le guet-apens la nuit : il était facile de sortir de leur campement et les officiers fermaient les yeux. Quand ils sortaient, bien sûr, c'était pour aller aux filles. Elles ne manquaient jamais, dans les villages voisins, des réfugiées qui s'étaient arrêtées là au lieu d'aller relever leurs jupons plus loin, en ville. À Vérone, à Bologne. À Milan, où les lires circulaient. Mais cette fois-là, après les exécutions de la brigade Catanzaro, plutôt que d'aller aux filles, les *arditi* avaient guetté les carabiniers. Ils avaient patienté, cachés dans le fossé, entre les feuilles de cassier. C'était une belle nuit de pleine lune. Et il était arrivé, seul, portant son bicorne, recouvert de toile gris-vert ; le mousquet sur l'épaule. Deux ou trois coups étaient partis, et tout le monde s'était égaillé dans le maquis, sans attendre de voir s'ils l'avaient eu ou non ; on avait su plus tard qu'il était mort. Le commandement avait envoyé des officiers un peu partout, pour expliquer aux détachements que ces hommes ne fusillaient pas pour le plaisir, qu'ils exécutaient les ordres, et que les traîtres et les lâches méritaient de mourir. Quoi qu'il en soit, on avait transféré la division d'*arditi* dans une autre zone.

« Ce capitaine, je le connais », marmonna l'homme à la paupière tailladée, sans s'apercevoir que l'autre ne l'écoutait plus. « Je le connais même très bien. Il est resté là plusieurs mois. C'est lui qui dirigeait les pelotons d'exécution. C'étaient tous des charognes, là-bas, mais lui, c'était le plus dégueulasse de tous. Dommage que ça soit pas sur lui qu'on ait tiré, cette nuit-là. »

Il resta là à rêvasser jusqu'à une heure avancée. Le patron, qui avait déjà rangé les tables et retourné les chaises, farfouillait près du rideau de fer. De mauvais gré, les légionnaires se levèrent. Au moment de payer, le premier qui se trouva devant la caisse, un brun au fez incliné en arrière, extirpa de sa sacoche une liasse de billets de banque et, du pouce, commença à en extraire une coupure bleue de dix couronnes, un des vieux billets avec des inscriptions dans les douze langues de l'empire : défigurés, parfois, par certains nouveaux coups de tampon croates ou hongrois, qui les proclamaient devises nationales. Mais l'œil du patron guettait avec amour les billets de banque italiens, de cinq et de dix lires, mêlés à ceux de l'empire. Quand il vit sortir la coupure bleue, comme une carte biaisée piochée dans le jeu d'un tricheur, il fit une grimace et secoua la tête.

« Ah non ? » dit le légionnaire.

Le patron haussa les épaules.

« Ici, nous sommes patriotes, nous préférons les devises italiennes.

– D'accord, c'est bon ! » soupira le légionnaire, et il tendit un billet de cinq lires. Le patron s'en empara d'un geste vif, et c'est tout juste s'il ne s'inclina pas.

« Dire que là-bas, au port, y a des p'tits gamins, pour un de ces papiers, ils vous en donnent deux, de vos grands torchons bleus !

– Oh, Michele, au port, y a des p'tites gamines, pour un de ces papiers, j'te dis pas ce qu'elles te donnent ! »

Le légionnaire éclata de rire. « À la maison, y s'plaignent tous qu'la vie est trop chère, qu'la lire vaut plus rien : qu'c'est la faute aux profiteurs de guerre. Alors qu'ici nos lires, elles plaisent à tout l'monde. On les change au pair, garanti par le gouvernement, personne y croyait : non non, y veulent la lire tout de suite, pour la cacher sous leurs matelas, comme si que c'était de l'or : et ça aussi c'est des satisfactions. »

Ils sortaient les uns après les autres, en faisant leur tapage habituel, ils se fichaient bien des Fiumains qui dormaient, quand ils s'arrêtèrent brusquement ; et certains essayèrent même de retourner à l'intérieur, mais ceux qui étaient encore dedans, et qui ne voyaient rien, les bousculaient : eh oh, qu'est-ce qu'y a, on sort ou on sort pas ? C'est que, de se trouver nez à nez avec le Commandant, à cette heure de la nuit, avec son col en poil de loup et son monocle qui étincelait, ils avaient pris peur : et ils ne savaient pas quoi dire. Évidemment, ils ne pouvaient pas continuer comme si de rien n'était. Aussi, ils restèrent comme ils étaient, alignés au garde-à-vous, tous ces gros garçons qui ne savaient pas quoi faire de leurs mains : comme une classe devant le maître.

Il les passa en revue de son petit œil vif, jusqu'à ce qu'il ait repéré le type à la paupière tailladée. Il s'avança, l'examina de la tête aux pieds : et l'autre se mit pour de bon au garde-à-vous.

« Faussone, c'est toi ? demanda Gabriele.

– Oui, m'sieur, répondit-il ; puis il déglutit.

– J'ai demandé un homme capable de tout, et on m'a dit qu'il fallait que je te cherche. Je suis donc venu te chercher, comme tu le vois. »

L'homme à la paupière tailladée sourit de plaisir.

« Y a-t-il ici, parmi tes camarades, quelqu'un en qui tu aies confiance ? Attention, il s'agit d'une expédition de nuit, le fer à la main, comme au bon vieux temps. »

Faussone acquiesça : oui oui, il y avait quelqu'un.

« Alors, choisis trois ou quatre hommes. Ça suffira », ordonna sèchement le Commandant.

Un quart d'heure plus tard, nous étions sortis de la ville et progressions, au milieu du maquis, en direction de Sussak. Gabriele, les guêtres boutonnées et sa canne à la main, ouvrait la marche, brûlant d'impatience. C'est en vain que j'avais essayé de le convaincre que, pour certaines choses, il y a la police.

« Oui, à Fiume ! » m'avait-il dit avec un petit rire malin. Et, en vérité, le peu de policiers qui restait en ville, n'étant plus payé par aucun ministère, ne se serait occupé d'une « affaire » de ce genre qu'avec les plus grandes réticences. Quant aux carabiniers, après la disparition de leur capitaine et de la fameuse valise, ils se sentaient tout penauds : ils ne sortaient même plus de leur caserne, attendant que les troupes royales viennent les libérer de cette Babylone.

Mais il y avait quelque chose de plus que l'impuissance – ou pire – de la préfecture de police pour faire enrager Gabriele. Cette fille, avec sa docilité, avant que ne la prenne l'hébétude de la cocaïne, et avec ces marques qu'elle portait dans sa chair, lui avait permis d'entrevoir un abîme qu'il n'avait pas encore sondé – lui qui croyait les avoir asséchés tous. Et il n'aurait pas supporté que d'autres scaphandriers s'aventurent avant lui dans cette obscurité.

Delfina, qui était avec nous, nous guidait dans la campagne déjà rendue stérile par le souffle cruel de l'hiver. Au début, elle avait eu peur, elle ne voulait y aller sous aucun prétexte ; mais quand elle vit les *arditi* et le Commandant, elle fut rassurée. L'aube était sur le point de se lever, et tout autour régnait un froid de mort.

« C'est pas loin », avait-elle dit. Ces pauvres filles faisaient la route deux fois tous les jours : au crépuscule et au cœur de la nuit. D'après ce que savait Delfina, elles étaient toujours accompagnées de quelques hommes, qui revenaient les chercher, afin qu'aucune tête du troupeau ne s'égare. C'étaient des paysannes : elles retiraient leurs souliers et se les accrochaient autour du cou, pour ne pas les gâter dans la boue et dans l'eau. Elles marchaient pieds nus, puis, une fois en ville, elles s'essuyaient les pieds avant de commencer à faire le trottoir.

« C'est là », dit-elle soudain. Nous nous arrêtâmes. Une masure de paysans, blanchie à la chaux, brillait un peu plus loin, sous la lueur d'une brindille de lune qui, juste à ce moment-là, avait surgi des nuages. En nous approchant, nous découvrîmes que, pour entrer, il fallait escalader un mur plus haut qu'un homme, au faîte couronné de tessons de bouteilles, ou bien enfoncer la grille. Faussone se concerta brièvement avec ses camarades : il en avait vu bien d'autres, à la guerre ! Ils enfoncèrent la grille si vite que le chien de garde enchaîné, ébouriffé, les yeux rouges de rage et de faim perpétuelle, eut à peine le temps de sortir tout engourdi de son sommeil, de hérisser son poil et de montrer les crocs, qu'il avait une lame dans la gueule et agitait les pattes de plus en plus doucement. Il avait poussé un ou deux aboiements rauques ; une lampe s'alluma dans la maison, une fenêtre s'ouvrit, mais les *arditi* étaient déjà à l'intérieur. On entendit un cri d'épouvante, une femme ; puis le silence.

Gabriele se tourna vers moi, d'un air interrogateur ; nous étions restés à la grille. Un faible vent s'était levé, elle grinçait sur ses gonds rouillés.

« Qu'en dis-tu ? » demanda-t-il.

Je haussai les épaules. Mais, déjà, d'autres lampes s'allumaient, et Faussone sortait par la porte, poussant devant lui un homme dont il avait attaché les mains dans le dos.

« Commandant, il n'y avait que lui à l'intérieur, la voie est libre », annonça-t-il ; et comme l'autre, les mains liées, tentait de se dégager et de s'échapper, il lui asséna un coup terrible. Sa paupière tailladée tremblait.

« Bravo, Faussone, c'est ce que j'appelle du travail bien fait », le complimenta le Commandant ; et le brave rougit comme une petite fille.

Nous pénétrâmes dans la maison. Il y flottait un remugle d'humidité, de vieux matelas et de nourriture réchauffée. La lumière électrique brillait dans la cuisine, éclairant un évier, une table bancale recouverte d'une nappe de toile cirée, des murs nus. De là on passait dans l'étable, où il n'y avait cependant ni litière ni bestiaux : mais trois femmes effrayées, qui, quelques instants plus tôt, dormaient sur des matelas jetés à même le sol, sous de rêches couvertures de cheval, et à présent, les yeux écarquillés, échevelées et larmoyantes, s'étaient regroupées toutes ensemble dans le coin le plus sombre. Un *ardito* les surveillait : il avait apporté une lampe à pétrole, mais il n'avait pas trouvé où la poser et il se tenait là, comme dans un tableau de La Tour.

Le Commandant s'avança, je pris la lampe et éclairai les filles. J'avais fait entrer Delfina, et elle s'approcha d'elles, essayant de les rassurer. L'une d'elles l'avait reconnue et s'était un peu calmée après deux mots qu'elle lui avait dits, mélange de je ne sais quel dialecte de chez nous et de slave : mais les deux autres continuaient à trembler, elles ne comprenaient rien. Inutile de préciser que la fille aux cicatrices n'était pas là.

Nous retournâmes dans la cour. Le puits était là, sinistre. Le Commandant ordonna à Faussone de faire sortir le prisonnier. Il approcha la lampe de son visage : une physionomie de fouine, des pommettes fuyantes, des cheveux blondasses. Nous l'interrogeâmes. Il était slave, ne parlait pas, ou affectait de ne pas parler, un mot d'italien, mais l'un des *arditi* connaissait sa langue. Quand il eut compris ce que nous lui voulions, il se mit à trembler, s'agenouilla presque, chercha à embrasser les bottes de Gabriele, qui recula d'un mouvement si brusque que son monocle tomba. Nous lui expliquâmes que, s'il n'avait pas envie de finir au fond de ce puits, il devait nous dire si la morte était là-dedans. Rassuré, il eut un petit ricanement : et il faisait oui, oui, de la tête.

Pendant que les hommes de Faussone s'ingéniaient à atteindre le fond du puits, avec Delfina et le légionnaire qui parlait croate, nous interrogeâmes les filles. Elles pleuraient et riaient à la fois : réconfortées, elles avaient compris que nous étions des soldats de la Régence et non pas des brigands, et elles étaient pourtant honteuses d'avoir à raconter. Elles se connaissaient à peine entre elles, et quant à la fille morte, une seule d'entre elles avait eu le temps de l'apercevoir : mais ils la frappaient continuellement, dit-elle, en écarquillant les yeux. Deux étaient croates, mais pas de l'arrière-pays, elles étaient originaires de provinces lointaines, au milieu des montagnes ; on ne put comprendre d'où venait la troisième, qui ne parlait aucune langue connue, et qui ne savait de l'italien que ces deux ou trois phrases tronquées qu'on lui avait apprises, à coups de bâton, pour qu'elle pût travailler : les chiffres, et quelques mots qu'on ne peut pas répéter.

Elles n'avaient pas de papiers. Il ne fut pas facile de comprendre comment elles étaient arrivées là, mais il était clair que c'était contre leur volonté. L'une, expliqua Delfina qui s'entendait mieux avec elle, s'était sauvée de chez elle où elle mourait de faim, après que son père avait été tué à la guerre ; elle s'était mise avec un homme, un gars du village qui était allé s'installer en ville et qui revenait de temps en temps avec un peu d'argent en poche ; et puis, bon, voilà comment ça s'était terminé. Non, dit-elle quand nous le lui demandâmes, cet homme n'était pas là, elle ne l'avait pas vu depuis des mois : elle avait été vendue, et ceux qui l'avaient achetée l'avaient revendue à d'autres, avant qu'on la transporte ici. À ce stade, il n'y avait plus rien qui ne lui eût été fait, et rien qu'elle ne pût être obligée à faire. Elle nous montra, sur ses bras, les brûlures de cigarette, déjà anciennes de plusieurs mois, par lesquelles on l'avait punie quand elle croyait encore pouvoir se rebeller. Delfina ne voulut pas regarder, elle pleurait. Mais l'autre, elle, voulut voir, comparer : elle avait des brûlures semblables, et pas seulement sur les bras. Celle-ci parlait un italien abâtardi. J'en eus bientôt assez, et emmenai Delfina, à qui la puanteur de l'étable, dit-elle, donnait envie de vomir ; mais Gabriele resta. Il semblait qu'il avait tout compris, maintenant, car il lui arrivait de faire taire l'interprète, d'un geste péremptoire. Il écoutait un récit que lui-même eût été incapable de concevoir. En imagination, il voyait les filles nues comme des bêtes, exhibées et vendues aux enchères ; les bleus et les souillures laissés sur leurs corps par les trafiquants saouls, avant et après la vente : et il sentait, comme si elle était à l'intérieur de lui, l'abjecte docilité de la chair après qu'elle a connu le couteau. Et, comme toujours, il était trahi par ce je ne sais quoi qui était en lui et qui faisait que, comme, pour le roi Midas, tout se transformait en or, tout pour lui, mais vraiment tout, se muait en sensation de beauté. Les explications laborieuses des filles flamboyaient en lui, écrites en lettres d'or.

Dans la cour, Faussone m'appela. Nous nous approchâmes.

« Non, mon capitaine, il vaut mieux que la demoiselle ne vienne pas », nous prévint-il. Il l'avait désignée par ces mots, « la demoiselle ». Entre ses larmes, Delfina eut un sourire.

« Va, je t'attends ici, murmura-t-elle. Je ne veux pas voir. »

Ils avaient retiré du puits un mannequin désarticulé. Ils pressaient des mouchoirs contre leur bouche, et faisaient cercle tout autour. Ils n'avaient pas donné de mouchoir au prisonnier : ils le forcèrent même à s'agenouiller sur cette chose, à coups de pied dans les reins, ils lui poussèrent le visage, la bouche, contre cette chose.

8

Les dévoreurs de chair fraîche

Cette nuit-là, Gabriele s'enferma dans son bureau en compagnie de Faussone, et n'en sortit qu'à l'aube.

« J'ai vraiment vu et entendu, dit-il, ce qui paraissait impossible, ce qui paraissait incroyable. Certes, durant la guerre, des bruits avaient couru. Et les Serbes, alors, étaient nos alliés ! On savait pourtant bien comment ils coupaient les oreilles, comment ils arrachaient les yeux et la langue aux prisonniers. Mais cela passe toutes ces infamies. »

À l'évocation de ces oreilles coupées, Faussone, qui l'écoutait pourtant avec le plus grand sérieux, eut une lueur de sourire, qui n'échappa pas au Commandant.

« Oui, je sais bien que vous aussi, les *arditi*, quelque fois... Mais j'ai toujours entendu parler d'oreilles coupées aux cadavres, pas aux vivants. »

L'autre eut un mouvement de dégoût.

« Eh, crénom ! Moi aussi, j'en ai coupé, des oreilles allemandes et des oreilles hongroises : mais aux morts, bien sûr.

– Et eux, le taquina Gabriele, ils ont essayé de t'arracher les yeux ? »

Du bout du doigt, Faussone effleura sa paupière tailladée, avec une délicatesse toute féminine, impensable chez une telle armoire à glace.

«Pour tout vous dire, ça, c'est un des nôtres, au bistrot. Avec un tesson de bouteille. Dix jours d'arrêts de rigueur ! » dit-il en souriant à ce souvenir.

Gabriele haussa les épaules, une cicatrice si peu héroïque ne l'intéressait déjà plus.

«Assez ! reprit-il. Tu m'as compris. Il faut, tu entends bien, il faut que ce qui s'est passé ne reste pas impuni. Nous n'allons sûrement pas transmettre le dossier à la préfecture de police ou aux carabiniers, comme des commis de bureau qui n'ont qu'une hâte, se débarrasser d'un embêtement. Non : c'est à nous d'agir. À toi et à tes camarades qui, hier, avez vu et entendu. J'ai entièrement confiance en toi. Interrogez ce misérable, faites-lui cracher les noms et l'endroit où se cachent les autres bourreaux. Je les veux tous. »

Faussone acquiesça gravement. Il avait parfaitement compris. Quant à moi, lorsque Gabriele m'exposa son intention de se charger lui-même de la police, je restai bouche bée : c'était bien le dernier métier dans lequel j'aurais imaginé qu'il pût se lancer. Comme on verra, je me trompais. Mais qu'il sût déjà précisément ce qui allait se produire, cela, non, je n'arrive pas à le croire : ça ne lui ressemblait pas ; je ne l'avais jamais vu se soucier des conséquences, et moins encore lorsque l'échéance était aussi vague.

Du reste, pendant quelques jours, plus personne ne fit allusion à cette nuit mémorable ; et la situation politique, qui, après la signature des accords de Rapallo, se précipitait, ne nous aurait pas permis de distraire du temps et de l'énergie. On s'attendait d'un jour à l'autre à une initiative sans retour du gouvernement italien : et elle arriva enfin, en la personne de deux officiers, dans l'après-midi d'un vendredi de décembre.

Comme par un fait exprès, c'était le vendredi 17. La veille, Gabriele m'avait annoncé son intention prophylactique de s'abstenir « de toute parole et de tout geste. Je resterai immobile devant la face de la méduse calendaire ». Il fut pourtant obligé de les recevoir, en faisant dans sa poche le signe des cornes. Il était persuadé que Caviglia avait fait exprès de les lui envoyer ce jour-là ; à moins que ce ne fût Giolitti, de sa tanière romaine. Les deux hommes, un major et un capitaine, arrivèrent en automobile, précédés d'un échange de téléphonages pleins de componction : comme si notre secrétairerie était celle du Vatican, et comme s'ils étaient deux monsignors en visite. D'ailleurs, tout bien pesé, ils avaient effectivement l'air de deux ecclésiastiques : un gras curé de campagne et son acolyte. Mais l'ultimatum de Caviglia, dont ils étaient porteurs, n'avait rien de jésuitique. Au contraire, il était plutôt brutal : reddition et évacuation des troupes fiumaines entre le 18 et le 21 décembre. Après quoi l'armée nationale avait l'ordre d'attaquer.

À voir leurs grimaces, on comprenait que ces deux-là auraient préféré ne pas avoir à délivrer cet ultimatum. Nous nous étions toujours dit que, dans le secret de leur cœur, les officiers de l'armée royale étaient avec nous et, à en juger par ces deux-là, nous n'avions pas tort (mais nous nous trompions, ô combien ! lorsque nous croyions que cela dissuaderait le gouvernement de nous attaquer). Avec cela, chacun des deux hommes était avec nous, à sa manière, et elles n'auraient pu être plus différentes. Le major Lopresti était le type de l'officier de carrière à l'ancienne, qui avait vieilli au ministère et était attaché à la vie de bureau ; le capitaine Lojacono, lui, débordait d'énergie, bien qu'il lui incombât de rester muet, car le responsable de la mission, c'était l'autre, lui n'avait été envoyé que pour faire de la figuration. Il serra cependant la main de Gabriele avec tout l'enthousiasme de l'adepte ; je remarquai sa grimace de douleur – je veux dire celle de Gabriele – tandis que l'autre lui broyait les phalanges, et je craignis qu'il ne se venge par des paroles discourtoises, comme je l'avais vu faire en d'autres occasions : mais il se contint. (Toutefois, il se plaignit encore à moi, le lendemain, en me montrant sa menotte meurtrie. On sait qu'il avait pour ses mains un amour obsessif : d'après lui, elles n'appartenaient pas au règne animal, mais à la flore sous-marine.)

Une fois qu'il eut lu l'ultimatum, Gabriele haussa les épaules.

« Vous savez bien que je tiens Fiume et que je la garderai », dit-il. Les deux hommes haussèrent les épaules à leur tour, Lopresti avec une patience chrétienne ; mais les yeux de Lojacono flamboyaient.

« Et si l'on cherche à m'en chasser à coups de canon, je déclencherai un incendie tel que les flammèches retomberont jusque sur le Quirinal », ajouta Gabriele.

Le major tressaillit, il aurait mieux valu ne pas toucher au Quirinal.

« Il ne m'appartient pas d'exprimer une opinion personnelle, déclara-t-il précautionneusement. Mais, aujourd'hui, notre pauvre Italie n'a pas besoin d'incendies, elle est déjà incendiée par les drapeaux rouges, et Dieu sait si nous ne ferions pas mieux d'être chez nous, à éteindre ce feu, au lieu de risquer, ici, d'en allumer un autre. Commandant, essayez de comprendre qu'il n'y a pas d'autre issue.

– Il n'y a pas d'autre issue ! » objecta Gabriele ; et il darda sur lui le regard méprisant de son monocle. Il n'avait

jamais aimé s'entendre dire « essayez de comprendre ».
Il comprenait parfaitement.

« Il n'y a pas d'autre issue ! répéta-t-il. Et vous voudriez
m'indiquer celle de la condescendance et de l'humiliation ? »

Le major protesta.

« Mais quelle humiliation ? Le Commandant sortirait
de Fiume accompagné de la gratitude éternelle de la
patrie. Du reste, je suis autorisé à vous communiquer que,
dès que toutes les difficultés seront aplanies, Sa Majesté
a l'intention de vous conférer, comme un témoignage de
Son auguste satisfaction, le titre de comte de Fiume. »

Gabriele se tourna vers moi, en se tordant la bouche.

« Comte de Fiume ! grommela-t-il. Et pourquoi pas
ban de Croatie ? Dis-moi, Tom, tu ne trouves pas que ça
sonne mieux ? »

Puis, se retournant vers les deux officiers muets :

« Je me souviens que, un jour, sur le front, alors qu'un
général sédentaire venait de prononcer un discours en
hommage à l'infanterie, un vétéran aux poches pleines
de pétards et de mégots écrivit à la craie, sur la tablée du
baraquement, cette sentence dédaigneuse en son latin :
On veu pa déloge. Eh bien, nous non plus, nous ne voulons pas d'éloges. »

Le major voulait répondre, mais Gabriele ne lui en
laissa pas le temps.

« Je vous répète, messieurs, que je ne sortirai de Fiume
ni en plébéien ni en comte. Je suis le Régent du Carnaro,
je n'ai pas besoin de titres nobiliaires. Et si le gouvernement ose employer la force contre moi, l'incendie qui
s'allumera ici éclairera non seulement l'Italie, mais l'Europe
et le monde. Déjà, tous les peuples opprimés de la terre
sont tournés vers moi, ils n'attendent que mon signal. »

C'était là sa dernière trouvaille publicitaire, et il y tenait beaucoup à cette époque : il la répétait continuellement, et j'avais même commencé à me demander s'il n'y croyait pas pour de bon. « Ils sont tous avec moi, poursuivit-il, imperturbable : de l'indomptable Sinn Féin irlandais jusqu'au drapeau rouge qui, en Égypte, unit le Croissant et la Croix. Sur un signe de moi, toutes les insurrections de l'esprit contre les dévoreurs de viande crue et contre les vampires de peuples sans défense se rallumeront à nos étincelles qui volent loin !

– Peut-être trop loin, Commandant. Peut-être ces étincelles voleront-elles jusqu'en Russie », osa dire Lopresti.

Gabriele lui lança un regard dédaigneux.

« Encore ! Mais vous n'avez toujours pas compris ! Vous ne comprenez pas que, nulle part ailleurs sur cette Terre, on ne respire aujourd'hui la liberté comme dans Fiume ! Et vous ne comprenez pas non plus que qui a vécu une telle liberté n'a nul besoin de la Russie ! Vous ne comprenez pas que la vraie nouveauté de vie n'est pas là où la doctrine de Lénine se perd dans le sang, mais ici, où le chardon bolchevique se change en rose italienne, en rose d'amour ! Et cette rose, vous voudriez la déraciner ! Mais prenez garde, elle est armée d'épines ! »

Le major Lopresti était en sueur. Il s'épongea le front, cherchant un moyen de sortir du guêpier dans lequel il s'était fourré.

« Je ne peux rien vous dire d'autre, Commandant. Ce n'est pas à moi de vous exhorter, sinon à l'obéissance, du moins à la résignation. Permettez-moi de vous faire remarquer que nous avons exactement le même âge, vous et moi. Mais j'ai vu à Fiume, en traversant la ville et le Palais, les jeunes gens dont vous êtes entourés, et je comprends qu'avec eux ce n'est pas de patience et de résignation qu'on peut parler. »

Les narines de Gabriele frémirent, il ne lui plaisait pas d'avoir le même âge que ce Lopresti.

« Il est une jeunesse de l'esprit, et il est une décrépitude de l'esprit, énonça-t-il. L'Italie est jeune et elle se fiche bien des camarillas romaines. La patience et la résignation, ce n'est pas pour nous. Les hommes qui m'entourent ont la trempe de l'acier des poignards, de la graisse des mitrailleuses, de l'huile des moteurs : comment voulez-vous qu'ils s'inclinent devant l'encre violette des cachets ministériels ? »

Les yeux du capitaine Lojacono brillaient, mais le major Lopresti haussa les épaules. Quand il parla, il y avait dans sa voix une fêlure de tristesse.

« Comment vous répondre ? Peut-être avez-vous raison, et ceci est le nouveau monde, lubrifié par l'huile des moteurs. Peut-être la civilisation de la race blanche va-t-elle donner naissance à une série de générations sans scrupule et sans égards, comme ces jeunes que vous appréciez tant : des générations de sportifs, de mécaniciens et d'ingénieurs ; des générations de la vitesse, méprisant les contraintes, les pauses, les discussions et les lois » – là, il s'interrompit et regarda Lojacono, qui, Dieu sait pourquoi, détourna le regard ; « des générations, reprit le major avec aigreur, pour lesquelles notre génération de travailleurs honnêtes, modestes et parcimonieux, dévoués à Dieu, au roi et à la patrie, semblera composée d'animaux tardigrades, amateurs de bavardages et incapables de jouir d'autre chose que de la statique de la vie. »

Il se tut. Personne ne dit rien. Le major s'éclaircit la voix, qui était devenue rauque.

127

« Permettez-moi de prendre congé, Commandant, dès lors que j'ai accompli mon devoir. J'informerai le général Caviglia que vous avez pris connaissance de l'ultimatum. »

Tous deux se levèrent et s'inclinèrent brièvement, à la militaire. Ils sortirent. Gabriele se tourna vers moi, enleva son monocle. De plus en plus souvent, il m'apparaissait fatigué.

« On ne peut nier qu'il y ait eu une certaine intention de courtoisie ! marmonna-t-il. À la cour de Byzance, la coutume voulait que trois officiers du Palais présentent cérémonieusement sur un plateau d'or poli le lacet de soie retordue à celui qui devait s'étrangler de ses propres mains. Là, ils ont seulement rogné sur l'effectif. »

La porte s'ouvrit brusquement : c'était le capitaine Lojacono, et il revenait seul. Gabriele remit précipitamment son monocle en place.

« Commandant... » commença Lojacono, tremblant.

Nous attendîmes la suite.

« Commandant, pardonnez mon audace, mais je ne peux quitter Fiume sans un autographe de vous. »

Gabriele sourit aimablement et me fit un signe. Je me dirigeai vers l'armoire, l'ouvris, y pris un portrait photographique ; nous en avions fait imprimer cinq cents, quelques mois plus tôt, et il n'en restait déjà presque plus. Une saignée : Gabriele avait insisté pour les payer de sa poche. Je lui tendis l'image. Le Commandant sortit son stylographe, réfléchit un instant, puis se mit à écrire ; mais il s'arrêta brusquement. Je m'approchai de lui pour lorgner ce qu'il avait noté :

Au capitaine Matteo Lojacono
qui a respiré l'air de Fiume

incendié d'ardeur de liberté
afin qu'il rapporte à l'Italie l'ardeur de ce feu
À Fiume d'Italie, vendredi...

... et sur ce vendredi il s'était figé. Je vis qu'il avalait sa salive et prenait son temps. Mais il ne tarda pas à se reprendre. Il compléta :

... vendredi 16 + 1 décembre 1920.
Gabriele D'Annunzio.

Le capitaine donna un baiser furtif à l'image, la fit disparaître dans sa poche, s'inclina et sortit.

La nuit tombait quand une autre visiteuse gravit prestement les escaliers du Palais. Contrairement aux deux personnages qui l'avaient précédée, elle n'avait pas chaussé, pour fouler les degrés de pierre adriatique, les bottes lustrées du conquérant. Mais les premiers, par leurs gestes incertains et leurs figures penaudes, désavouaient la liturgie gouvernementale et martiale qu'ils étaient censés célébrer, tandis que celle-là, oui, la petite visiteuse vespérale, prêtresse d'un tout autre culte, présentait un visage rayonnant de conquête et de possession : celles du Palais, et de son maître.

Jusqu'à cet instant, le Commandant s'était – et m'avait – tourmenté, relisant les clauses brutales de l'ultimatum et cherchant en vain une solution. La reddition ayant été exclue, il ne restait guère d'issues. Pendant un moment, il étudia sérieusement la possibilité d'envoyer une escouade de casse-cou, nuitamment, en mettant à profit certaines collusions dont il se prévalait, jusqu'à Trieste pour y enlever

Caviglia dans son lit ; nous aurions pu réussir, du reste, n'avions-nous pas séquestré plusieurs généraux depuis que nous étions à Fiume ? mais Gabriele lui-même comprenait cette fois que ce geste, tout mémorable qu'il eût été, n'aurait rien changé à la situation.

C'est pourquoi, lorsque Italo vint frapper pour l'informer que « la demoiselle » le demandait – avec cet infaillible instinct du concierge ou du maître d'hôtel de la Ville éternelle qui n'a pas besoin d'instructions pour distinguer au vol entre une demoiselle quelconque et celle qui a droit à l'article défini –, Gabriele profita de l'aubaine pour lever la séance.

« On verra demain », déclara-t-il de manière expéditive, en me mettant à la porte ; et j'avais si souvent entendu cette phrase, au cours de notre amitié, que je n'eus même pas l'idée de protester. Plus d'une fois, quand le pensum remis à plus tard était le paiement d'une dette fâcheuse ou l'échéance d'une traite, le lendemain avait apporté, au courrier du matin, un *chèque** inattendu, voire le coup de sonnette d'un éditeur tenant son chapeau à la main, prêt à verser sans discuter tous les à-valoir pour obtenir une simple promesse du Poète. Qui sait, me dis-je : peut-être nous en tirerons-nous cette fois encore. Quant à Gabriele, il était déjà tout au colloque avec sa visiteuse imprévue. Sans doute ne serait-il pas entièrement conforme à la vérité de prétendre qu'il avait beaucoup pensé à elle ces derniers jours ; mais la mémoire de la chair, la plus fidèle, se réveilla d'un coup.

« Tu es venue pour assouvir ma faim ? murmura-t-il quand elle fut devant lui, découvrant ses canines en un sourire avide.

– Je suis venue pour assouvir *ma* faim », lui murmura Cosette à l'oreille ; puis elle lui mordit doucement le cou.

Il n'était nul besoin d'explications supplémentaires. La porte fut fermée à clef. Puisqu'ils étaient tous les deux affamés, leur union fut parfaite. (Gabriele me raconta qu'il l'avait trouvée tiède sous les aisselles, presque froide à la pointe du sein gauche. Dans le jeu de Cosette, c'était le méchant sein, qui méritait d'être souvent puni : toutes les caresses, tous les baisers étaient pour le gentil sein, le droit.)

Il faisait nuit depuis longtemps quand ils émergèrent de leur torpeur aqueuse, se dépêtrant du suaire aveugle et trempé.

« À présent, j'ai faim pour de bon », annonça Gabriele en riant. Et, en vérité, la faim lui tenaillait le ventre, comme c'est le cas lorsque le corps affolé a consommé tous ses minéraux sans regarder à la dépense. La faim lui faisait mal, d'une douleur physique. Il se cassa un ongle dans sa hâte d'ouvrir un paquet de biscuits. Il oublia même d'en offrir à Cosette : il mangea avec avidité, éprouvant un plaisir merveilleux, assis au bord du lit, essuyant la sueur qui lui coulait dans le cou.

« C'est comme si j'avais retourné tout un champ à la bêche, dit-il en riant. Les paysans connaissent une telle faim, sur le coup de midi, ajouta-t-il.

– Je suis ton champ ? » murmura Cosette en l'embrassant (« Et elle ne savait pas, commenta Gabriele, hilare, qu'elle venait de citer le Coran »).

« Tu es mon champ et ma récolte, murmura-t-il. Tu veux un biscuit ? »

Cosette secoua la tête.

« Donne-moi plutôt quelque chose à boire. »

Gabriele se leva, prit la bouteille de cognac dans l'armoire, en remplit à moitié un petit verre : mais, devant le regard impérieux de Cosette, il le remplit à ras bord.

Cosette l'avala d'un trait.

« Quels beaux fruits ! » s'exclama-t-elle ensuite : une coupe de poires et de raisins trônait dans l'armoire restée ouverte.

« Tu en veux ?

– Bien sûr ! »

Ils mangèrent tous deux, avec convoitise, faisant couler du jus et échangeant la pulpe dans des baisers. Le raisin, désossé, épluché, changeait de goût, passant de bouche en bouche.

C'est alors seulement que Gabriele s'intéressa aux raisons de cette visite qu'il n'avait pas sollicitée et qui n'avait pas été annoncée.

« Comment es-tu venue ? demanda-t-il.

– Que t'importe ? dit-elle en riant, effrontée.

– Et qu'as-tu dit à tes parents ? » insista-t-il. Il se rappelait, de temps à autre, que, pour les gens communs, l'existence comportait, et même à Fiume, de fastidieux aspects pratiques.

« Que t'importe ? » répéta-t-elle, les yeux brillants d'une joie méchante.

Gabriele éclata de rire.

« Dire que, la première fois que je t'ai vue, je me demandais s'il fallait te classer parmi les pensionnaires un peu niaises, ou parmi les petites demoiselles qui ont peur de leur papa !

– Vraiment ? » répondit-elle, vexée ; mais, aussitôt, elle sourit de nouveau.

« Qu'as-tu fait, tous ces jours ? As-tu pensé à moi ?

– J'ai pensé à toi toutes les nuits. Le jour, non : je ne voulais pas te mêler à la fange. »

Cosette perçut son amertume : et elle ouvrit grand les yeux.

« Que se passe-t-il ? Dis-le-moi !

– Il se passe que nous avons été vendus. Fiume a été vendue, bredouilla Gabriele. Par décret du gouvernement royal, on doit établir en ville une boucherie nationale et un abattoir national. Ceux qui ne veulent pas être égorgés ont jusqu'à mardi soir pour franchir le barrage.

– Et toi, tu vas partir ? » s'exclama Cosette, alarmée.

Gabriele tressaillit. (« Je fus fâché qu'elle ait pu simplement le penser, me dit-il ensuite. Sans doute, j'ai été injuste, je le sais : c'est la peur qui s'exprimait en elle, pas le soupçon. Mais je fus fâché tout de même. »)

« Bien sûr que non ! Oh, certains partiront, les légionnaires sont libres. Ceux qui déposeront les armes recevront, de l'autre côté, des éloges paternels, un pourboire généreux, et seront inscrits d'office à l'Association des déserteurs amnistiés, qui est l'une des plus prospères et rémunératrices du royaume. Mais ils ne seront pas nombreux à manger de ce pain-là. Nous, nous resterons ici, pour manger le pain dur de Fiume, et moi pour te manger », conclut-il en approchant la bouche de sa chair tremblante.

La faim leur était revenue, brutale. Gabriele goûta de la langue ses lèvres durcies, lécha ses petites dents. Il la sentit frémir dans l'étreinte et la retourna de nouveau. Il trouva l'autre bouche obscure. Elle était chaude, presque brûlante.

« Non, toi, tu ne t'en iras pas ! » murmura-t-elle, en l'attirant vers elle.

Elle le garda longtemps en elle, avec avidité, tant qu'ils eurent du souffle.

« J'ai encore soif ! » furent les premiers mots qu'elle put prononcer, après qu'il l'eut déclouée. Gabriele lui proposa une grappe de raisins ; mais Cosette secoua la tête.

« Du cognac ! » dit-elle, impérieuse.

Elle but ; Gabriele, près d'elle, se délectait des marques qu'il avait laissées dans sa chair.

« Un biscuit, maintenant », ordonna Cosette. Elle mangeait vite, avec une soudaine voracité. Gabriele vit qu'elle était bouleversée, et il s'en réjouit. Elle avait, sur la lèvre, une égratignure rouge ; et, dans le cou, sous l'oreille, une marque molle et sombre, semblable à une giroflée.

« Tu ne veux vraiment pas un autre fruit ? »

Cosette secoua la tête.

« Ne suis-je pas ton fruit ? » sourit-elle, de nouveau rayonnante. Gabriele acquiesça.

« Tu es même beaucoup de fruits. Ces deux-là, ne dirait-on pas des cerises ? Ou plutôt, non, deux noyaux de cerises », plaisanta-t-il en effleurant du bout des doigts les mamelons minuscules et exsangues. Cecilia eut une moue indignée.

« Et ça, poursuivit Gabriele en orientant sa caresse plus bas, qu'est-ce que c'est qui s'ouvre ainsi ? Une pêche ? Ou une prune ?

– Une prune, susurra Cosette, ravie.

– C'est donc ainsi que nous l'appellerons désormais : la Prune », décréta Gabriele.

Elle se serra contre lui avec une ardeur soudaine, couvrit de baisers son crâne chauve.

« Comme tu es beau ! murmurait-elle. Comme ton crâne est beau !

– Ah, je le sais, il est magnifique, confirma-t-il, sans s'étonner. C'est un objet surhumain, un point d'aboutissement de l'évolution. Du reste, tu verras que, bientôt, tout le monde m'imitera : la beauté du futur sera chauve.

– Mais personne ne sera comme toi. Ariel, il faut que j'y aille », dit Cosette en s'assombrissant d'un coup. Elle s'assit au bord du lit, pêcha un bas dans les profondeurs des couvertures défaites. Soudain, sa bouche se tordit dans une grimace de douleur.

« Qu'y a-t-il ?

– Rien. C'est ma jambe qui me fait mal. Ce n'est rien, je t'assure, j'ai l'habitude », répondit-elle ; mais sa voix et son visage s'étaient brusquement durcis.

Elle chercha l'autre bas, en vain. Ils défirent entièrement le lit : rien.

« Je ne peux tout de même pas rentrer à la maison avec un bas en moins ! » s'exclama Cosette. Avec la tension de l'après-midi, elle avait les larmes aux yeux. (« Elle changeait soudainement d'humeur, par à-coups », observa Gabriele.)

Enfin, ils dénichèrent le bas, qui avait glissé sous la robe de chambre du Commandant. Elle l'enfila en se mordant les lèvres. Puis elle se tourna vers le miroir, poussa un petit cri d'effroi en découvrant la marque sur son cou, la masqua habilement sous un foulard noué.

« Je m'en vais. Je pourrai revenir ?

– Tu dois revenir ! Attends ! »

Il prit une rose dans un vase, en effeuilla les pétales, les lui donna.

« Tu vas les garder entre tes seins jusqu'à ce que tu reviennes. Alors, je les mangerai. »

Une demoiselle d'aujourd'hui éclaterait de rire en recevant un tel ordre ; mais Cosette, obéissante, acquiesça.

« Je voudrais passer une nuit avec toi, dit-elle encore, suppliante, sur le seuil.

– Méfie-toi, l'avertit Gabriele. Depuis quelque temps, j'ai des crises nocturnes de lycanthropie. »

Cosette se sauva en riant.

Gabriele bâilla, regarda placidement autour de lui, ramassa sa robe de chambre et l'enfila. Soudain, il avait froid, et il se dirigea vers la salle de bains, pour remplir la baignoire d'eau chaude. Sur une table devant laquelle étaient disposées deux chaises, il revit le papier de l'ultimatum, que violaçaient les coups de tampon. Une pointe de dégoût se retourna dans son ventre ; mais il la repoussa. Bon, allez, nous verrons bien, pensa-t-il paresseusement. Nous verrons cela demain.

9

Okiku

Le lendemain matin n'apporta ni conseils ni *coups de théâtre** mis en scène par le Destin ; et toute la journée s'écoula, sous le martèlement obstiné de la pluie, sans que l'écheveau pût être démêlé. Gabriele avait beau le retourner en tous sens, le texte de l'ultimatum était dénué de toute ambiguïté. Jamais, durant tous ces mois d'atermoiements et de demi-mesures, un signal aussi peu équivoque n'était parvenu de Trieste ou de Rome. Bien pis, la presse unanime prévoyait que, au cas où nous nous entêterions, Caviglia passerait à l'action et que le gouvernement ne tomberait pas ; au contraire, il était certain qu'il tiendrait bon, avec l'approbation de tous.

« Cela signifie que nous allons nous faire tuer », commenta sèchement Gabriele, au mess. Et il feignit de ne pas voir la tête des convives qui, tout occupés à se goinfrer, avaient le nez plongé dans leur assiette. Mais, une fois seul, ce soir-là, il les passa tous en revue, les uns après les autres : et il ne pouvait pas dormir.

« Quelle importance ? Je me ferai tuer tout seul », essaya-t-il de se persuader. Et, vraiment, que pouvait-il faire d'autre ? Retourner chez lui, et continuer de vivre ? Est-ce que ça en valait la peine ?

Les nerfs à fleur de peau, il était hanté par des images déchirantes : lui-même montant dans un train, un melon sur la tête et sa valise à la main. Les gens ne croiraient jamais voir D'Annunzio, mais Zigoto. Il était d'ailleurs étonnant qu'ils n'y aient pas encore pensé, là-bas, en Amérique, le titre était tout prêt : *Zigoto conquérant.*

Il avait le cœur brisé par le chagrin. Était-ce vraiment cela, la vie, pouvait-elle se disperser ainsi dans des ruisseaux qui n'avaient aucun sens ? Mais, lorsque je me serai fait tuer, aura-t-elle pour autant gagné du sens ? Non, pas même si je me fais tuer d'une balle de 91 : une balle fabriquée par une machine d'acier italien, manœuvrée par un ouvrier italien, qui, peut-être, puisait un peu de joie dans son labeur à l'idée que ce plomb fondu à la sueur de son front irait se ficher dans de la chair autrichienne...

Le silence de la nuit lui était odieux, de même que le craquement des meubles décrépits. Il s'assit sur le matelas que, à force de se retourner, ses os aigus avaient rendu inhospitalier. Auparavant, dans chacune des maisons où il avait vécu, pour dissiper de tels moments d'angoisse, il suffisait de contempler et de palper de belles choses : c'est pourquoi il aimait à s'en entourer, comme d'une muraille d'offrandes. Mais, à Fiume, il n'avait rien apporté (« Heureusement, m'avait-il dit un jour en riant, les goûts du Commandant ne sont pas ceux de Gabriele D'Annunzio »). Certes, il restait les livres. Il glissa les pieds dans ses pantoufles, jeta sa robe de chambre sur ses épaules, s'approcha des quelques volumes disposés avec art sur l'abattant d'un *bureau**. Non pas pour y puiser la moindre consolation, cela, il le savait déjà (les livres sublimes eux-mêmes ne lui en donnaient point, mais plutôt une colère sourde : celle de ne pas les avoir écrits). Mais il en aurait bien tiré un augure. Dans l'obscurité, il tâtonna entre les volumes et en choisit un au hasard. Puis il alluma la lampe. C'était le *Théâtre* de Marlowe. Il haussa les sourcils, secoua la tête et ouvrit le volume, encore au hasard. Il abaissa l'œil et lut :

FAUSTUS : How comes it then that thou art out of hell ?
MEPHOSTOPHILIS : Why, this is hell, nor am I out of it.

Voilà, songea Gabriele. Justement. Et jamais, jamais je n'en suis sorti. Mais il n'avait pas renoncé à ses habitudes de bûcheur : et il s'appliqua à essayer de traduire ce distique en vers italiens.

Comment se fait-il donc que tu sois hors d'Enfer ?
Mais l'Enfer, c'est ici, je n'en suis pas sorti.

(Il m'avoua ensuite, en me racontant cette nuit de souffrance, que cette traduction ne le satisfaisait pas. Il voyait dans l'original je ne sais quelle nuance qu'il lui semblait n'avoir pas restituée. Je ne comprenais pas, mais m'en souciai peu, Gabriele ayant toujours été, en ces matières, d'un perfectionnisme exaspérant.)

Et c'est demain qu'expire l'ultimatum ! songea-t-il brusquement, dans un accès d'angoisse. Oui, il expirera, et il n'est pas de force au monde, ni Dieu ni diable, qui puisse l'en empêcher !

Oh là, doucement, se corrigea-t-il, gagné par un espoir inattendu. Qui a dit cela, après tout ? Il faut essayer ! Au point où nous en sommes, pourquoi ne pas essayer ? Qu'ai-je à perdre ? Rien.

Il se gratta la tête. Une voix intérieure lui répétait qu'il allait commettre une idiotie. Il la fit taire : il l'avait déjà entendue si souvent, cette petite voix de grillon parlant, et il avait pris l'habitude de ne pas l'écouter ; la plupart du temps, il n'avait pas eu à le regretter. Mais il ne savait par quel bout commencer. Fallait-il prononcer quelque formule à voix haute ? Non, ce sont là des pratiques de vieil alchimiste, ou pis, du carton-pâte de théâtre : quand l'accessoiriste, pour figurer un ancien *grimoire**, va chercher dans les boîtes des bouquinistes un tome dépareillé des Bollandistes. Je vais tout faire en moi-même, décida Gabriele. Si le diable existe, il m'entendra quand même.

Mais, pour commencer, il fallait être bien certain de ce qu'il allait lui demander. Attention à ne pas se faire rouler dans une transaction de ce genre ! Avec des associés aussi sinistres, il faut que tout soit limpide, et ne pas donner prise à la chicane. Ainsi donc, l'ajournement, ou plutôt, non, le retrait de l'ultimatum ; et le retrait inconditionnel, hein : une rétractation complète. Et transmise par une communication officielle de Caviglia, avec les mêmes tampons que sur l'autre. Et je veux l'apprendre demain à mon réveil.

C'est alors qu'il songea que quelques difficultés pourraient surgir, non pas liées à l'événement en soi, mais à sa notification. Parce que, enfin, il faudra bien que le contrordre vienne de Rome : et qu'il soit répercuté jusqu'ici. Certes, il y a la radio : et le télégramme. Mais il y a aussi la paresse des bureaux, des bureaux militaires surtout. Où le café a toujours priorité sur les dossiers : et si, sur celui-ci, il est marqué « urgent », malheur à ceux qui croient au pouvoir magique des mots. Parce que le café risquerait de refroidir, et ce serait bien dommage ; en outre, il faut tourner le sucre indéfiniment dans la tasse. Tandis qu'il ressassait toute cette histoire, Gabriele eut un pressentiment : le fait même qu'il eût été effleuré par le doute était la preuve que, Là-Bas, quelqu'un l'écoutait : et qu'il était déjà entré en communication avec lui. En raison de l'heure avancée et de cette pensée insolite, un frisson courut le long de son dos. Eh bien, nous allons jouer cartes sur table, pensa-t-il. Même si le contrordre n'arrive pas demain matin, je pourrai attendre ; mais pour sceller le pacte, il me faut tout de même un signe, et sans équivoque. Que, disons, les journaux annoncent, dès demain, la nouvelle de la chute du gouvernement. Je n'accepterai pas à moins.

Après quoi vint le plus difficile : la contrepartie. Mais, là, il n'y avait plus à choisir. Les contrats de ce type étaient tous rédigés sur un même et unique modèle : mieux que chez le notaire. C'est d'accord, conclut Gabriele, s'efforçant de penser clairement et distinctement, afin que l'Autre, là-bas dans son abîme, l'entende bien : je te donnerai mon âme. Certes, tu pourrais l'avoir pour rien ; et d'ailleurs tu as déjà dû l'inscrire dans tes registres, et tu t'en réjouis d'avance. Mais attention, c'est précisément dans des cas pareils que tu te fais rouler. Sais-tu combien de prêtres je ferais accourir, d'un simple claquement de doigts, si je me repentais sur mon lit de mort ? Comme ça, au moins, tu seras sûr : avec une signature cachetée, en gothique latin. Fais tomber le gouvernement, fais retirer l'ultimatum, et puis viens avec ton parchemin, si tu tiens à ces formalités : je le parapherai de mon sang ; sinon, considère que j'ai déjà signé.

La nuit pâlissait. Il se jeta de nouveau sur son lit, épuisé, mais étrangement libéré d'un poids. Cette fois, oui, j'ai fait tout ce que je pouvais faire, et peut-être même un peu plus. Nous verrons bien demain. Et il était si satisfait de cette pensée qu'il s'endormit presque aussitôt.

Lorsque j'entrai avec le courrier et les quotidiens dans la chambre parfumée à l'encens, je m'aperçus tout de suite que le Commandant était en proie à une agitation insolite. Rien d'étonnant, pensais-je, avec cet épouvantable ultimatum qui attend une réponse !

«Quelles sont les nouvelles ? » demanda-t-il avant même que j'aie eu le temps de déposer mon paquet sur la table.

Je haussai les épaules.

«Pas grand-chose », répondis-je. Et, en vérité, les nouvelles étaient les mêmes que les jours précédents : sur les premières pages dominaient les informations consacrées aux mouvements de troupe autour de Fiume et à la prochaine échéance de l'ultimatum. Gabriele fit la grimace, parcourut les titres des journaux, qu'il repoussa ensuite avec un haussement d'épaules, avant de s'emparer du courrier. À ma grande surprise, il le feuilleta avidement, déchirant les enveloppes l'une après l'autre et examinant le contenu de chacune ; puis, déçu, il jeta tout sur la table.

«Aucune communication de Caviglia ? insista-t-il.

– Aucune », répondis-je, interloqué. Et vraiment, les choses étaient allées si loin que je ne voyais pas quelle communication nous aurions pu attendre.

«Redonne-moi les journaux ! » ordonna-t-il. Et, sous mes yeux, il les passa en revue, l'un après l'autre, page après page, avec une fureur croissante. À la fin, il les flanqua par terre ; et, à mon énorme surprise, il blasphéma grossièrement. Il ne l'avait jamais fait : c'était même quelque chose dont il avait horreur.

«Tu sais ce que cela veut dire ? me dit-il sans prendre garde à ma stupeur, mais avec une sorte d'aigreur. Que le diable n'existe pas ! »

Que pouvais-je faire ? Une fois de plus, je haussai les épaules.

« Malédiction, il n'existe pas ! Tout cela, ce n'est qu'une plaisanterie ! » répéta-t-il, hors de lui. Cette fois, il commençait à m'inquiéter.

« N'aie pas peur, je ne suis pas devenu fou, me tranquillisa-t-il après avoir croisé mon regard. C'est seulement que... oh, et puis quelle importance ? conclut-il. Il y a autre chose ? » ajouta-t-il en voyant que je restais planté là.

Je soupirai. Je ne savais pas quelle mouche l'avait piqué, mais il y avait trop à faire pour que je le laisse en paix, comme il était évident qu'il l'aurait souhaité : il fallait rassembler les sections, parler aux hommes, donner des instructions aux officiers. Depuis que nous étions entrés dans la ville, les frontières de la Commune libre étaient gardées par des piquets, mais le mieux fortifié était celui situé face aux Croates ; du côté de Cantrida, il n'y avait que quelques postes, et les légionnaires échangeaient tous les jours des cigarettes et des potins avec les soldats de l'armée régulière de l'autre côté. Maintenant, brusquement, il fallait se préparer à tirer pour de bon. Ce n'était pas un moment où le Commandant pouvait rester reclus dans son Palais. On ne murmurait déjà que trop, dans les sections, contre les clans dont Il était entouré : s'Il savait certaines choses, disait-on de Lui, Il les corrigerait, mais les officiers du Palais font exprès de les Lui cacher...

Tandis que j'énumérais les mesures les plus urgentes à prendre dès le matin, Gabriele faisait les cent pas dans le bureau. Il m'écoutait, m'interrompait de temps en temps par un monosyllabe ou même par une question, mais je voyais que son esprit n'était qu'à demi présent. Enfin, il se mit à caresser un volume posé, avec d'autres, sur une petite table. C'était un livre gris, avec des coutures de gros fil, d'apparence étrangère ; il l'ouvrit, il était plein d'illustrations à l'encre. Il le feuilleta avec attention, page après page.

« Qu'est-ce que je fais ? Je continue ? demandai-je avec une pointe d'irritation.

– Attends ! me dit-il. Viens voir ça. »

Je me penchai ; pour lui faire plaisir, je feuilletai deux ou trois pages craquantes. C'était un livre ancien, japonais ou chinois. Les gravures monochromes retraçaient une interminable série de cauchemars – des créatures molles et sinueuses, aux yeux aveugles ; d'autres rondes et riantes, avec des langues longues comme des vers, tendues vers des passants horrifiés ; des femmes décharnées et rapaces, dont le crâne brillait sous leur chevelure noire.

« C'est le recueil des *Cent fantômes et spectres anciens et modernes*, imprimé à Yedo en l'an de grâce 1796 par Maître Sekien Toriyama, expliqua Gabriele. Tu te souviens ? Nous l'avons acheté en 1914, chez Champion, quai Malaquais. »

Je le regardais d'un air interrogateur.

« Tu vois, me dit-il en ricanant, comme je dois me faire tuer, je choisis la forme que je prendrai quand je ne serai plus qu'un revenant. J'espère bien qu'on me laissera choisir. »

Je ris, mais je n'étais pas vraiment sûr qu'il plaisantât.

« J'espère d'ailleurs, continua-t-il, que je pourrai aller me promener où j'en aurai envie. Ce serait vraiment la barbe si je devais rester enchaîné ici, à Fiume. Les fantômes japonais, par exemple, ne peuvent se montrer que dans les endroits où ils ont connu une triste fin. En revanche, ils peuvent apparaître à leur assassin en changeant la forme d'un quelconque objet qui se trouverait entre ses mains, fût-ce le plus banal, une lanterne ou un parapluie. Tu imagines si le parapluie que Giolitti porte sur le bras quand il sort de Montecitorio se transformait brusquement en mon fantôme ? »

Je jetai un coup d'œil furtif à l'horloge, mais il s'en aperçut.

« Il est tard, n'est-ce pas ? admit-il. Oh, après tout, rien ne presse. L'ultimatum n'expire que ce soir. Caviglia n'attaquera pas avant demain. Et je ne vois pas pourquoi, par peur de ce croque-mitaine, je devrais me priver du plaisir de contempler ces images exquises et repoussantes, si j'en ai envie. »

Il me montra que, sur toutes les images, les apparitions étaient entourées par les fleurs charnues de la forêt tropicale, par l'ondoiement des bambous, par les vapeurs des étangs ; les fantômes japonais sont des créatures estivales et aquatiques. Ils apparaissent avec les chaleurs et les miasmes fétides des eaux croupissantes : la pureté de la neige les disperse.

Gabriele s'était souvent occupé de japonaiseries, mais je ne lui soupçonnais pas une telle compétence. Il connaissait le nom de nombreux fantômes, et celui de leurs victimes. « Celui-ci », disait-il en me montrant un samouraï possédé par la colère, la main frémissant sur la garde de son sabre, au milieu d'une floraison spectrale, « c'est Kiyomori qui, en regardant par la fenêtre de son palais, vit les arbres et les buissons du jardin devenir les crânes et les squelettes des hommes qu'il avait tués. Celui-là, poursuivit-il en tournant la page, c'est Yorimitsu, qui vit dans une tasse de thé le visage de la femme qu'il avait noyée. Et là, c'est le général Akiji Jinsei, l'Assassin, qui accueillit deux pèlerins dans sa maison et qui, alors qu'il partageait avec eux un bol de riz, vit la chair de leurs visages se décomposer et tomber en lambeaux, découvrant les crânes grimaçants de ses victimes.

– Aimable fantaisie, commentai-je.

– Oh, ce sont des gens ingénieux, admit Gabriele. Tu verras, nous entendrons encore parler d'eux. Ils ne visent pas seulement à assurer leur domination sur l'Asie, mais sur tout le Pacifique. Désormais, leur archipel est trop étroit, et ils regardent vers les Philippines, vers l'Indochine, vers les Indes hollandaises, vers Hawaii. »

Il se laissa distraire par son imagination, toujours en éveil. Il se voyait déjà sur la passerelle d'un cuirassier nippon, appareillant pour traverser l'océan.

« Ça, c'est l'avenir, m'assura-t-il, les yeux brillants. Et ce sera le nôtre, aussi, ce n'est pas la première fois que je le dis. Il est temps que nous nous libérions de l'Occident qui ne nous aime pas et ne veut pas de nous. Séparons-nous de cet Occident corrompu, qui, chaque jour, est un peu plus stérile et un peu plus infecté et un peu plus déshonoré, qui ne forge que des injustices au service de la Banque. Bientôt, tu verras, tous les nobles esprits auront le même cri de ralliement : sortons, sortons de l'Occident ! »

Ces images vides l'entraînaient trop loin, et il fallait le ramener sur terre.

« Et celui-ci ? demandai-je, feignant de m'intéresser à un personnage particulièrement horrible.

– Celui-ci, décréta-t-il après l'avoir observé avec attention, en ajustant son monocle, est l'un des plus célèbres fantômes du Japon. Pour pouvoir épouser la fille d'un riche voisin, le samouraï Iyemon empoisonna sa femme en lui faisant boire une potion qui la défigura horriblement et la fit mourir dans d'atroces souffrances ; puis, pour justifier l'assassinat, il raconta que sa femme le trahissait avec son serviteur, qu'il tua également ; il cloua les deux corps sur les faces opposées d'une porte et les abandonna au courant du fleuve. Mais, après le nouveau mariage, quand il souleva le voile de la jeune femme pour l'embrasser, il vit apparaître le visage boursouflé et sanguinolent de la morte ; et il continua de le voir dans chaque lanterne, dans chaque bol de riz au poisson, jusqu'à en devenir fou et mourir. Tu sais, ajouta-t-il après un instant de réflexion, au Japon, la plupart du temps, les spectres vengeurs sont des femmes, avides de faire payer les souffrances qu'elles ont dû subir de leur vivant. Tiens, tu vois, celle-ci est Okiku, qui fut tuée par son patron et jetée au fond d'un puits parce qu'elle avait cassé l'une des dix précieuses assiettes que lui avaient léguées ses ancêtres. Depuis, chaque nuit, Okiku sort du puits, compte lentement jusqu'à neuf, comme si elle rangeait les assiettes, et, parvenue à la dixième, elle éclate en sanglots. »

Je regardai l'image. Cette fois, le spectre n'avait rien d'horrible : c'était plutôt une figurine délicate, les yeux en larmes à demi cachés derrière ses cheveux noirs ; mais son corps frêle s'évanouissait en un nuage vaporeux qui sortait d'un puits.

Pendant un moment, nous gardâmes tous deux le silence.

« Eh oui ! dit enfin Gabriele. Tu n'as pas eu de nouvelles de Faussone ?

– Il cherche, répondis-je. Il est sûr de trouver.

– Mais il n'a pas encore trouvé, remarqua-t-il.

– Pas encore, admis-je.

– Pourvu qu'il ait assez de temps, murmura-t-il. Je veux avoir fait cela, encore. »

Au ton qu'il employa pour dire ces mots, je compris qu'il n'avait plus aucune illusion : nous aurions bientôt fait notre temps.

10

Ariel en armes

Caviglia attaqua la veille de Noël.

Depuis le jour d'avant, Gabriele était enrhumé. Il avait les yeux, le nez qui coulaient, il les tamponnait à tout instant avec un mouchoir de batiste. En d'autres temps, il se serait enfermé chez lui, sous une montagne de couvertures, pour que personne ne le voie : et, quand je montai chez lui, je compris parfaitement que, maintenant encore, il lui répugnait de sortir.

« Comment est mon nez ? » s'informa-t-il dès qu'il me vit.

Je haussai les épaules : à quoi bon mentir ?

« Rouge et enflé. Mais pas comme un poivron. Disons plutôt comme un champignon. »

Gabriele se moucha, puis se laissa retomber, accablé, sur les coussins.

« Ce rhume a transformé mon cerveau en un bouillon tiède. Quel malheur, le cerveau d'un génie transformé en morve ! »

Comme je me taisais, il me dévisagea d'un air malveillant.

J'avais mes bottes et mon pistolet.

« Il faut y aller, hein ? » marmonna-t-il, d'un ton dolent. Il espérait que j'allais lui dire que ce n'était pas nécessaire.

« Je crois que oui. On signale des mouvements de troupes un peu partout. On tire déjà dans le Val Scurigna. »

Il poussa un soupir et sortit de sa tanière. Tandis que, dans sa salle de bains, il se rasait et s'aspergeait, comme à son habitude, d'un demi-litre d'eau de Cologne, je l'entendis chantonner. Puis il s'interrompit et m'appela à travers la porte.

« Tu te rappelles ce major qui est venu l'autre jour ? Et qui m'assurait de la reconnaissance de la patrie ?

– Oui, je me le rappelle, confirmai-je.

– Eh bien, jette un coup d'œil à la presse : voilà ce que c'est, la reconnaissance de la patrie. »

Les journaux que, ce matin-là, il s'était fait apporter par Italo, étaient entassés par terre au pied du lit. J'en ramassai un, puis un autre. Les articles avaient uniformément adopté un ton élogieux à l'égard du gouvernement, qui s'était enfin décidé à assainir, selon les termes de l'un des journalistes, la « plaie purulente » de Fiume.

« Qu'en dis-tu ? insistait la voix nasale de l'autre côté de la porte. Lis, lis *Avanti !* »

Je cherchai *Avanti !* et lus. L'éditorial commençait ainsi :

« Le sort en est jeté », répétait Gabriele. Enfin, Giolitti lui a rappelé que les jeux de hasard sont interdits : même les dés. Triste fin : quel dommage. Car, au fond, jusqu'à présent, tout avait réussi à Gabriele : tout, c'est-à-dire tous les métiers auxquels il s'était essayé selon l'intérêt du moment, l'inspiration ou l'âge : le chrétien, le païen, le patriote, le révolutionnaire, le réactionnaire, l'hédoniste, l'ascète, le rétribué, le colonel, le plagiaire, l'inventeur de parfums, l'aviateur héroïque, le député, le rebelle, le cinématographiste, l'exilé pour dettes, le réfugié sur quittance. Il aura cru pouvoir également faire le James Brooke. Vous souvenez-vous de cet Anglais qui se fit rajah de Sarawak ? Mais celui-ci était un

brigand : D'Annunzio est un poète. Et il est plus facile de distiller des eaux Nunzie, ou l'éloge rimé des belles mains d'Eleonora, que de gouverner l'Adriatique, mare nostrum *peut-être que oui, peut-être que non. Cette fois-ci sera-t-elle la bonne ? Ou les Italiens devront-ils continuer de supporter sans broncher les divagations d'un vieillard que l'ambition, et le tréponème pâle, pourraient un jour rendre vraiment dangereuses ?*

« Tu vois ce que c'est, la reconnaissance de la patrie ? » poursuivit Gabriele en sortant de la salle de bains, impeccablement rasé et parfumé, et le nez blanc de poudre.

« Oui, j'ai vu, répliquai-je en haussant les épaules.

– Ces gens-là veulent ma mort. Quelle engeance, ces Italiens ! Peut-être vaudrait-il mieux dire les Ritals. Oui, on voudrait que je sois mort, pour se débarrasser du problème une fois pour toutes. »

Il s'assit au bord du lit, pour enfiler ses bottes.

« Pourtant, tu sais, c'est justement cela qui me donne le courage de continuer. Ce désir mal dissimulé qu'ont les Ritals de me voir enfin décrépit, agonisant, mort, enterré. Mais moi, au contraire, je ne cède pas. Exprès. »

Il boucla son ceinturon avec ses étuis.

« Imagine un peu ce qui passerait si une balle perdue me réglait mon compte aux avant-postes. Oh, n'en doute pas, on décréterait un deuil national. Le monde ne pourrait admettre que Gabriele D'Annunzio, réchappé de la mitraille autrichienne, ait été tué par du plomb italien ; il y aurait des interpellations au Parlement, des commissions d'enquête. En vérité, tout le monde se frotterait les mains. »

Il était prêt, mais il s'arrêta encore devant son miroir, pour examiner son nez.

« Et ce n'est pas à cause de Fiume, tu sais. Ils me détestent depuis toujours. Tu le sais bien, toi qui me connais depuis si longtemps. Les premiers exemplaires de mon premier livre venaient à peine d'être imprimés que, déjà, l'anti-dannunzianisme accomplissait ses premiers pas. Depuis, il n'a fait que grossir et grandir. »

Il partit d'un rire éraillé et ouvrit un tiroir.

« Mais je m'en fiche ! Regarde un peu ce que j'ai trouvé, dans un vieux roman de chevalerie français. »

Il me montra un dessin à la plume, une devise entortillée qu'on aurait pu inscrire sous un blason : « A MOY QUE CHAULT », en lettres gothiques hérissées de pointes, que j'eus peine à déchiffrer.

« C'est la traduction littérale de "Je m'en fous", dans ce beau français médiéval que j'ai toujours chéri. Je l'ai fait dessiner par un graveur, j'en ferai ma nouvelle devise. Et maintenant, allons aux avant-postes. »

Dans la pierraille du Val Scurigna, la mitrailleuse tendait son court museau, protégé par une plaque d'acier. Adossé à un rocher blanc, le lieutenant scrutait l'horizon à travers ses jumelles ; mais, lorsque le Commandant déboucha au détour du sentier et s'arrêta derrière lui, il s'empressa de les laisser tomber et chaussa une paire de lunettes avant de se mettre au garde-à-vous. Emprunté dans son uniforme, avec son visage de professeur, il arborait, épinglées sur sa poitrine, une rangée de petits rubans et une médaille de bronze.

« Repos. Avez-vous remarqué des mouvements, ici ? » s'informa Gabriele.

Le lieutenant semblait ému, soit en raison de la présence du Commandant, soit à cause des nouvelles qu'il avait à lui communiquer.

« Oui, mon Commandant. Il y a une heure, des cyclistes sont apparus sur le sentier, là-haut » ; et il désignait un point très vague, dans la pierraille. « J'ai fait tirer une rafale d'avertissement, et ils se sont aussitôt éclipsés. »

Les trois légionnaires tapis derrière le bouclier d'acier ne perdaient pas un mot de la conversation. Malgré le froid, ils étaient tous les trois en veste ; mais un au moins avait rembourré sa chemise avec des journaux. Un autre portait un de nos casques, comme le lieutenant ; mais les deux autres avaient coiffé des casques autrichiens de récupération. L'un des deux, un moustachu aux yeux exorbités, avait dessiné dessus, à la peinture blanche, un faisceau de licteur.

« À quel détachement appartenez-vous, lieutenant ? demanda le Commandant.

– Faisceau de combat de Fiume ! » répondit fièrement le professeur décoré.

Il sembla que Gabriele n'avait pas entendu. Debout, tandis que les autres restaient abrités, il ferma les yeux à demi. Depuis le matin, il était agité par des rêveries secrètes, qui l'emmenaient loin, très loin de là. Il n'avait pas revu Cosette, et, après avoir paru s'apaiser pendant une semaine, la chair protestait de nouveau. Certains trouveront cela invraisemblable ; pourtant, c'était vrai. Il était ainsi, à quoi croyez-vous qu'il pensait lorsqu'il volait en direction de Vienne ? À Olghina Levi, la petite juive qui l'attendait à Venise, et qu'il avait surnommée Venturina ; à présent, Cosette avait pris la place de Venturina, mais elle l'occupait de la même manière. Indifférent à ce qui l'entourait, il déambulait en fait par la pensée dans la villa Cosulich, et il imaginait, sans y être jamais entré, la chambre de Cosette qui, peut-être, à cette heure, venait de se réveiller. Il la vit nue, comme lorsqu'elle était dans ses bras : et ses deux petits seins, le gentil et le méchant. Il frissonna de désir. Le lieutenant était toujours là et le regardait, inquiet, à travers ses culs de bouteille.

« C'est bien. Bravo, camarades. Tenez bon », déglutit Gabriele. Puis, à moi : « Bon, allons-y. »

En approchant des faubourgs, les détachements se multipliaient, campant dans les cours, les guetteurs tapis derrière de pauvres murs. Il faisait froid. Sur les visages, on ne lisait aucun enthousiasme, mais une sombre détermination. Gabriele distribuait distraitement des éloges ; et les hommes regardaient, revêches, ce Guide si pensif, étranger, éloigné de celui qui, autrefois, les avait enflammés. Je ne sais pas s'il les voyait ; plus probablement, il voyait Cosette accomplissant le geste, qui lui avait plu, de glisser un bras dans un bas de soie brune, pour le retrousser en enfonçant la main jusqu'au pied ; et la peau blanche transparaissait à travers le fin tissu. Les jambes de Cosette étaient maigres, nerveuses. Il soufflait un vent glacial.

Dans un entrepôt abandonné, qui servait d'abri à une escouade, nous mangeâmes les sandwichs dodus qu'avait préparés Italo, et que nous avions apportés dans nos besaces. Nous avions du vin dans nos gourdes, mais il fallut le partager avec les *arditi* qui, nous dirent-ils, n'avaient rien avalé depuis la veille au soir. Convoqué, le lieutenant responsable de l'approvisionnement se confondit en excuses : il attendait une charrette de la ville, mais,

Dieu sait pourquoi, elle n'était pas arrivée. Nous partageâmes nos sandwichs avec les hommes reconnaissants.

« Camarades, dit-il, rompons le pain et buvons le vin en signe de l'immense sacrifice qui nous attend. »

Il n'avait pas faim, et abandonna volontiers ses provisions. Il avait faim de Cosette, ça oui. Il pensait au goût de sa langue.

Dans une casemate, un capitaine que je connaissais vint à notre rencontre, la casquette crânement rejetée en arrière.

« Se sont-ils montrés ?

– Pas encore, Commandant. Mais nous saurons les recevoir », assura le capitaine. Il avait les yeux qui brillaient. Dans la casemate obscure et froide, les hommes se serraient autour de la mitrailleuse, pour se réchauffer mutuellement ; quelques-uns portaient une capote, la plupart n'avaient qu'une veste, dont ils avaient relevé le col pour se protéger des courants d'air. Sur la tête, les casques réglementaires, ou des chapeaux de chasseur alpin, informes.

« Quel détachement ? demandait Gabriele, d'une voix monotone.

– Légion Vénétie julienne ! » répondit le capitaine en claquant des talons.

Gabriele acquiesçait. Il pensait à la Prune, et le désir le dévorait. Pourquoi ? songeait-il. Ce n'est pas le moment, pas maintenant, pas maintenant. Pourtant...

Nous poursuivîmes notre tournée d'inspection, sur un sentier raboteux, caillouteux, qui descendait vers la mer. Borgne, Gabriele avait du mal à marcher : il était privé de la perspective de la profondeur visuelle. Il estimait mal les inégalités du terrain. Sur la pierraille aux arêtes coupantes, sur la boue rouge du chemin, il se soutenait à grand-peine dans ses brodequins cloutés. À un moment donné, il glissa et tomba. Il se releva, mais son genou était meurtri. Il me regarda avec un curieux sourire d'excuse.

« Tu te rappelles la vieille devise ? "Sans ailes rien ne peut" » dit-il.

Je le pris par la main.

« Ce n'est pas grave. Continuons », imposa-t-il.

Soudain, un peu plus en avant, une sèche rafale de mitrailleuse retentit.

« Tu as entendu ?

– Oui, j'ai entendu. »

La mitrailleuse martela encore : trac-tac-tac...

« Nous y allons ? insista Gabriele, l'œil brillant.

– Attends un peu ! dis-je, pour tenter de le freiner ; mais en vain.

– Allons-y, te dis-je. » Et, impatient, il se détacha de ma main.

Un peu plus loin, derrière le mur à demi démoli d'une ferme abandonnée, une mitrailleuse dépassait d'un tas rougeâtre d'éclats de briques. En un rien de temps, nous fûmes à l'abri. Il y avait là deux hommes, seuls.

« Qui commande ici ?

– Le capitaine ***. Mais il est parti en arrière, répondit le servant de la mitrailleuse.

– Sur qui avez-vous tiré ? demanda Gabriele.

– Des hommes qui bougent, là-bas », expliqua l'homme. Nous regardâmes, la main en visière contre la lumière blanchâtre de l'hiver ; mais on ne distinguait rien.

Puis, venu de ce néant, nous entendîmes un coup de fusil, et un autre. Un morceau de mur jaillit dans l'air.

La mitrailleuse tira une rafale, au jugé, à ce qu'il me sembla du moins. Instinctivement, je m'étais accroupi. Mais Gabriele était resté debout.

« Que fais-tu, lui dis-je en le tirant par un pan de son manteau. Tu veux mourir ? »

Il me regarda de son œil unique, débordant d'angoisse.

« Pourquoi pas ? Oui, j'ai cette volonté. Il est temps de mourir : *tempus moriendi.* »

Je secouai la tête : parfois, Gabriele me faisait vraiment perdre patience.

« Cesse de faire de la littérature ! Que ferions-nous, sans toi ? »

Il parut frappé par cette idée. Il n'y avait sans doute jamais pensé. Il se moquait absolument de nous, tous autant que nous étions. Il s'accroupit près de moi.

« T'ai-je jamais raconté ce qui m'est arrivé sur le Veliki ? Nous donnions l'assaut et escaladions la montagne. Soudain, j'entends un fantassin parler avec l'accent des Abruzzes. Je l'appelle, il me répond. Il me tutoie. "Et toi, t'es qui ?" "Moi, j'suis D'Annunzie" "T'es D'Annunzie ? Gabbriele" Il s'approche de moi, me dévisage, bouche bée. "Mais qu'est-ce tu fais ici ? Va-t'en ! Va-t'en ! Si j'meurs, c'est pas grave. Mais si tu meurs, toi, qui t'refait ?" »

Il me l'avait déjà raconté mille fois, mais je fis comme si de rien n'était.

« Parfaitement, dis-je. Qui te referait ? Et nous, que deviendrions-nous ? Aussi, fais-moi le plaisir de rester en vie. »

Il haussa les épaules. Nous chuchotions tous deux, pour ne pas être entendus des légionnaires, qui étaient cramponnés à la mitrailleuse, coude à coude avec nous.

« Tu parles comme si ça dépendait de moi. Mais nos calculs comptent pour zéro. Personne ne peut savoir si je serai encore vivant ce soir. Ou même si nous serons vivants. »

À l'évidence, l'idée lui plaisait, au moins autant qu'elle me dérangeait.

« Tu as pensé à cela ? Tu es jeune, je ne le suis plus. Et tous les deux, avant ce soir, nous pourrions être morts, n'être plus qu'une charogne carbonisée, quelques os noircis, un peu de cartilage ratatiné, un crâne écrabouillé avec quelques dents en or luisant dans la boue...

– Je t'en prie ! » l'interrompis-je en me palpant énergiquement. Il éclata de rire en voyant mon geste.

« C'est bon ! C'est bon ! J'ai compris ! »

Nous repartîmes, longeant le mur, courbés, jusqu'à ce que nous soyons protégés par un angle mort. Nous étions presque arrivés en ville. Là, ce n'étaient plus les balles qui sifflaient, mais, seul, le vent froid qui descendait des montagnes. Personne dans les rues ; tous les civils s'étaient claquemurés chez eux, volets fermés. Des filets de fumée sortaient des cheminées ; mais pas partout, le charbon était rare.

Je vis Gabriele sourire, comme extasié.

« À quoi penses-tu ? À une belle mort ? »

Il secoua la tête, solennel.

« Allons donc ! Je pense à Cosette. Ça me brûle. Je ne peux pas penser à la Prune sans un long frisson. »

Cette fois, je sortis de mes gonds pour de bon. Et c'est aujourd'hui, seulement, en y repensant des années après, que je ne trouve plus rien d'imprévisible dans la métaphysique de Gabriele ; mais, à l'époque, tout me troublait.

« Tu crois vraiment que c'est le moment de penser à ces choses ? »

Il me regarda, interdit. Je ne m'étais jamais rendu compte à quel point il était vieux : une douceur sénile amollissait ses traits.

« Et quand devrais-je y penser, si ce n'est lorsque je suis face à face avec dame la Mort ?

– Tu n'es pas en face de la Mort, tu es en face de Caviglia », ne pus-je m'empêcher de lui répondre. Heureusement, il le prit bien et éclata de rire.

« Ce qui est presque pire, tu en conviens. »

Nous fîmes quelques pas encore, pour gagner la place où nous attendaient le chauffeur et la voiture.

« Qu'en dis-tu ? Tiendrons-nous », demandai-je en constatant que nous étions seuls. Le vent s'engouffrait dans la ruelle étroite, entre les murs décrépis du vieux quartier ouvrier, à moitié déserté depuis la guerre. Nous longeâmes les parois de brique d'un atelier désaffecté : on ne voyait que des murs nus et des fenêtres aux carreaux cassés.

« Nous devons tenir », dit-il enfin, mais sans me regarder. Je n'osai rien ajouter.

Au Palais, Gabriele s'enferma à clef dans son bureau et tourna frénétiquement la manivelle du téléphone. Après deux ou trois tentatives, il soupçonna Caviglia d'avoir fait couper les fils. Mais ce n'était pas le cas. Quand, enfin, il obtint la ligne, il demanda le numéro de la villa Cosulich. Peut-être répondra-t-elle, pensa-t-il ; ou en tout cas une domestique, et je trouverai bien un prétexte pour lui parler.

« Allô ! »

Gabriele jura entre ses dents : c'était la voix barbue du sénateur.

« Allô ! Qui est à l'appareil ? » tempêtait-il.

Gabriele aurait pu raccrocher. Mais il ne savait pas comment fonctionnait le téléphone, et il s'en était toujours méfié. Et si le sénateur, interrogeant la standardiste, pouvait apprendre que l'appel venait de là. Il lui semblait être encore au collège Cicognini, quand il courtisait, à l'insu d'un père bourru, la fille du colonel... oui, comment s'appelait ce colonel, déjà ? Et la fille ? Machinchouette ! Avec ce rhume, la mémoire aussi se liquéfie, pensa-t-il.

« Oui ! Ici, le Commandant D'Annunzio ! » souffla-t-il enfin, puisque l'autre s'inquiétait.

À l'autre bout du fil, le silence s'installa.

« Oui ! s'exclama enfin le sénateur. Je vous écoute. »

Il faut lui dire quelque chose, comprit Gabriele. Quel embrouillamini !

« Je vous téléphone pour connaître votre sentiment, cher sénateur, improvisa-t-il. Dans des heures comme celles que nous vivons, la Régence a besoin que les meilleurs des enfants de Fiume se rassemblent autour d'elle : les uns les armes à la main, les autres par leurs conseils », articula-t-il d'un ton suave.

À l'autre bout, il y eut encore un moment de silence.

« Mais quel conseil voulez-vous que je vous donne ? tonna enfin Cosulich. Finissez-en avec cette plaisanterie. Vous ne voulez tout de même pas attendre que la ville soit bombardée ! »

Tiens, qui l'aurait cru, pensa Gabriele : voilà qu'il a quelque chose dans le pantalon, maintenant !

« Bah, nous n'en sommes pas encore là ! protesta-t-il.

– Comment cela, nous n'en sommes pas encore là ? Nous en sommes bel et bien là ! s'exclama l'autre, excédé. Le combat fait rage aux abords de la ville ! Vous ne croyez tout de même pas que votre ramassis... que vos légionnaires pourront tenir tête aux troupes régulières ! Écoutez-moi, Commandant, la seule chose à faire, c'est d'en finir, et d'en finir tout de suite ! »

Gabriele s'emporta pour de bon.

« Ne vous faites pas d'illusion, sénateur, il y a encore ici, à Fiume, des gens qui sont prêts à vendre chèrement leur peau : et en Italie aussi nous avons des amis, qui voient au-delà de leur ventre et de leur confort ! Mussolini...

– Laissez Mussolini là où il est ! l'interrompit grossièrement le sénateur. Encore un sinistre histrion, celui-là ! »

Il a raison, pensa Gabriele, avec une lucidité inattendue. Celui-là ne lèvera pas le petit doigt pour nous, au contraire il attendra qu'on nous ait éliminés : puis il s'avancera, le charognard.

« En finir, je vous dis, et tout de suite ! continuait à crachoter le récepteur.

– J'ai compris. Cher sénateur, je vous remercie », dit sèchement Gabriele ; et il raccrocha.

Grommelant une imprécation, il s'approcha de la fenêtre. Les quatre grues étaient toujours là, immobiles sur le quai. Voilà onze mois que je regarde ces maudites grues, pensat-il : quatre gigantesques gibets sans pendus. Je sais bien, moi, qui il faudrait y pendre ! En contrebas, l'eau de l'Adriatique léchait les amarres des canots à moteur, et les escaliers qui menaient au Palais. Il voulut ouvrir les fenêtres, pour humer l'odeur saline qui lui avait toujours redonné courage. Mais une autre odeur lui vint à l'esprit, et il s'absorba dans des pensées toutes différentes.

Dans le lointain résonnaient des tirs sporadiques.

11

Noël de sang

Gabriele s'était toujours intéressé aux saints du calendrier : mais le jour de la Saint-Étienne le trouva absorbé dans de pénibles songeries. Qui eût cru que le Hongrois me jetterait un sort ? Oui, qui l'eût cru, quand je survolai la flèche de sa cathédrale, lançant sur la ville ennemie le mot tricolore ; ou quand nous fêtâmes Luigi Rizzo, le Sabordeur ; tandis que, déjà, les poissons nageaient entre les tôles de cet autre navire portant le nom du saint, dans les profondeurs marines, au large de Premuda ! Maintenant, le Hongrois se venge, et par une main ritale. Ô honte, honte !

Autour de lui, les visages étaient fermés. Les nationaux avaient enfoncé les lignes à Cantrida et faisaient pression dans les faubourgs. La veille, ils avaient respecté la trêve de Noël, avant de reprendre leur avancée. Plusieurs de nos officiers s'étaient rendus ou avaient déserté ; la plupart avaient été suivis par leurs hommes. On se battait encore çà et là, mais nous avions compris que tout était fini. À table, le Commandant était taciturne, le visage rembruni, scrutant, d'un air soupçonneux, les traits tirés de ses commensaux. Les voici donc, pensait-il, les héros épuisés. Il n'en est pas un qui soit allé se faire tuer en première ligne ! Indifférence bovine, bouffonnerie, rancœurs fétides, solitude désespérée, mauvais vin ; et par-dessus tout cela, l'odeur du mot de Cambronne, la véritable senteur d'Italie.

« Il faut traiter ! »

Qui fut le premier à prononcer ces mots ? Peu importe, l'idée était dans l'air. Et tous les esprits, ou presque, semblaient éprouver je ne sais quel soulagement, fût-ce mêlé de regrets, d'imprécations, d'accusations.

Et puis ?

L'un des plus jeunes pâlit.

« Si l'on nous chasse de Fiume, nous recommencerons en Italie ! C'est là qu'il faut marcher. Sur Rome la corrompue ! Et vous serez notre Guide ! »

Ils l'imploraient, ou presque. Mais Gabriele secoua la tête.

« Je suis mort à la politique. Je suis un grand écrivain voguant sur une mer d'ingratitude. Pourquoi faudrait-il encore que je m'avilisse ? Ils n'ont pas voulu de moi, c'est eux qui le regretteront. »

Cette idée l'entraîne, il s'échauffe. Il s'adresse directement à moi, mais tout le monde l'écoute. Dans un silence religieux.

« Tu te rends compte ? Nous avons été témoins d'un miracle qui ne s'accomplit qu'une fois tous les cinq siècles, le miracle d'un génie qui n'offre pas seulement à l'Italie une parole d'airain, mais une conduite avisée, et qui s'est vu recraché comme l'arête d'un poisson immonde ! Il en est de moi comme il en fut de Dante. »

Il sourit, tristement satisfait.

« Mais je ne me plains pas. Je me retirerai à la campagne. Si ma modestie est peu connue, elle n'en est pas moins authentique. Ils n'entendront plus parler de moi. »

Le silence s'appesantissait. Nous retenions notre souffle. Gabriele leva son visage jaune et tendu, son œil regarda autour de lui. Une esquisse de ricanement lui découvrait les canines.

« Mais, d'abord, il faudra qu'ils viennent nous chercher ici. Je ne traite pas avec "Quiconque que ce soit", ni avec le vieux bourreau lippu de Dronero. S'il le faut, nous défendrons le Palais. Qu'on installe des mitrailleuses. »

Les regards des officiers, surtout ceux que le Commandant ne put pas intercepter, étaient plus éloquents que ses paroles. Pourtant, tel était encore son empire sur les esprits que personne ne le contredit.

Ce que nous ignorions, c'est que, au même moment, à bord du cuirassé italien *Andrea Doria* mouillant au large du Carnaro, juste en face de Fiume, les gueules des canons étaient déjà pointées sur nous, les officiers sur la passerelle examinaient tout à leur aise, à travers leurs jumelles, la façade du Palais tournée, sans défense, sur la mer, d'autres officiers, dans la centrale de tir, finissaient leurs calculs, avec l'enthousiasme qu'on imagine, et un amiral simplement soucieux des instructions reçues de Rome, les oreilles bourdonnant des nobles mots d'« avancement » et de « carrière », se préparait à donner l'ordre fatal.

C'était comme si, dans sa tanière de Rome, Giolitti avait su que, malgré tout, nous étions sur le point d'installer ces mitrailleuses. Mais nous n'en eûmes pas le temps.

Nous venions de remonter dans les appartements du Commandant. Deux ou trois officiers, responsables de la garde du Palais, nous suivaient. Italo servit le café dans les quarts de campagne.

Nous sirotâmes le breuvage en n'échangeant que quelques mots à voix basse. Et, en effet, que pouvions-nous dire encore ?

Gabriele tenait le quart chaud entre ses mains. Il n'avait pas envie de s'asseoir. Il fit quelques pas en direction de la baie vitrée qui fermait le séjour et donnait sur la mer. Derrière la vitre, un minuscule balcon de pierre rosée où l'on pouvait se tenir. Les tapis élimés dégageaient une odeur de moisi. J'étouffe, pensa Gabriele. De l'air ! Et il fit encore un pas.

C'est alors qu'il entendit la voix de sa mère. Il ne la vit pas : pourtant, elle lui apparaissait souvent, bien apprêtée dans son cercueil, jeune et rose comme une poupée de chiffon : il entendit seulement sa voix, reconnaissable entre toutes. Elle lui murmurait à l'oreille, avec les inflexions qu'elle avait lorsque « Grabbiele » était enfant :

« Y va pas ! »

Gabriele s'immobilisa, interdit.

Le sifflement sinistre d'un obus de 305 dura juste assez pour que nous, qui avions tous fait la guerre, ayons le temps de nous regarder dans les yeux ; puis il n'y eut rien qu'un grondement, de la poussière et des plâtras. Nous nous relevâmes, abasourdis : le Commandant saignait. En un instant, nous l'entourâmes : il répétait « Ce n'est rien, ce n'est rien. » En vérité, son crâne, naguère brillant, et désormais couvert de poussière de plâtre, n'avait qu'une égratignure ; mais le sang coulait abondamment. Je le tamponnai avec un mouchoir ; et en un éclair je sus que ce morceau de tissu deviendrait une relique, que je devrais le conserver pour l'offrir à la vénération de la postérité.

« Ces canailles nous bombardent », constata quelqu'un. Gabriele eut un sourire forcé.

« Tu as vu, ils ont trouvé le moyen d'en finir ! Je te l'ai dit, ils veulent me tuer, un point, c'est tout. »

Pour sortir de là, il fallait enjamber les gravats. Le coup de canon avait fait effondrer le balcon, éventré le séjour et l'antichambre. C'est là, au milieu des ruines, que nous découvrîmes le cadavre désarticulé d'un soldat. C'était le grenadier de service, Bencivenga, que Gabriele, frappé par sa grande taille, avait personnellement affecté à cet emploi quelques jours plus tôt. Je dois dire que le sort de ce malheureux fit très mauvaise impression.

« Tu as vu, il porte la poisse ? murmura l'un des officiers à un camarade. Je te l'avais dit, et tu ne voulais pas le croire ! »

L'autre acquiesça, lâchement.

Soutenant le Commandant invalide, nous longeâmes le corridor rempli de fumée, à la recherche d'une issue de secours. Le second obus tomba aussitôt après notre passage, propageant son grondement dans le couloir, et nous plaqua tous à terre tant à cause du souffle que de notre instinct ; et il détacha du mur une épaisse plaque de miroir, de trois mètres de haut et pesant je ne sais combien de tonnes. Elle s'écrasa sur le sol quelques centimètres derrière nous, dans une explosion de plomb et de cristal.

Nous nous relevâmes encore une fois et nous précipitâmes vers les escaliers, sans prendre le temps de nous épousseter. Une fois dans le jardin, nous pûmes reprendre haleine ; et tous nos regards se tournèrent vers la mer, d'où pouvait arriver la mort. Mais l'*Andrea Doria* ne tirait plus. Il nous avait délivré son message.

« Veux-tu faire la tournée des postes ? » demandai-je à la tombée du soir.

Il secoua la tête.

« À quoi bon ? »

J'aurais dû lui répondre, je le sais. Mais le découragement nous avait tous gagnés.

« Laisse-moi seul. »

Je partis, et Gabriele resta seul, dans le noir. Italo lui avait dressé un lit de camp dans un vieux bureau, à l'arrière du Palais, qui n'était plus utilisé depuis quelque temps. La dernière fois qu'il avait couché dans un tel cagibi, c'était sans doute à Ronchi, la veille de son équipée. La boucle était bouclée.

C'est le soir, pensa-t-il ; et il fera bientôt nuit. Il vaut mieux se coucher et dormir, et ne plus se soucier de rien.

Il retira son uniforme, se glissa sous les couvertures, sur le lit qui grinçait. Mais il ne put dormir. L'angoisse que la fin fût proche ne le laissait pas en paix. Pourtant, c'était bien différent au commencement, pensa-t-il. Alors, tout flamboyait, même ma mélancolie : quand la mèche s'est-elle éteinte, grésillant dans une odeur de suif brûlé ?

Il se releva, en sueur.

(Là aussi, le poêle ronflait.)

La vérité, c'est que je suis vieux, comprit-il. Que ne donnerais-je pour avoir dix-sept ans, comme Cosette ! Pourtant, la dernière fois, en la chevauchant, j'avais la sensation juvénile de mon corps. Ses mains, sa bouche me donnaient la sensation juvénile de ma peau, de mes jambes, de mes pieds...

Dans un mouvement de rage, il rejeta les couvertures, chercha un miroir qu'il ne trouva pas. Avec la volupté féroce qu'on éprouve à se faire mal, il fouilla dans ses papiers, jusqu'à ce qu'apparaisse une photographie que j'avais prise de lui, quelques jours plus tôt ; et dont j'étais d'ailleurs assez fier. Il n'était pas en uniforme mais en vêtements de travail, un chandail de laine et un pantalon déformé, qu'il avait mis au retour d'une visite au champ d'aviation. Il avait approuvé et en avait fait tirer une épreuve pour lui. Mais, à présent, tout ce qui l'intéressait dans cette image, c'était son visage, comme dans un miroir implacable. Me voici, pensa-t-il. J'ai beau me sentir jeune, cet impitoyable instantané me dit que je suis vieux, très vieux ! Il y a là quelque chose de sénile, que, pourtant, je ne perçois pas en moi. Ce visage, c'est celui d'un vieillard fripé : un rappelé de la territoriale, tout juste bon à monter la garde devant la réserve de patates.

Non, ça ne peut pas continuer comme ça, pensa-t-il. Il se rua sur sa fidèle petite boîte, l'ouvrit, prit le philtre. Il aspira goulûment. Voilà, comme ça, on peut attendre demain...

Il ferma les yeux. La cocaïne exacerbait ses sensations : l'égratignure à la tête le faisait souffrir comme si un éclat de fonte avait pénétré dans sa chair, ses oreilles assourdies résonnaient encore de la double et fracassante explosion. Il lui semblait voir les gueules noires des canons de l'*Andrea Doria* pointées sur lui : il se déplaçait en rasant le mur, et les canons aussi se déplaçaient, en le prenant pour cible. Une colère sourde et impuissante faisait vibrer ses os. Il se figura qu'il était un géant, capable de traverser le Carnaro en quelques pas, pataugeant dans l'eau jusqu'aux genoux, de saisir ces canons du bout des doigts et de les arracher un à un, comme les pattes d'une mouche. Puis le découragement l'emporta, quand Gabriele s'aperçut qu'il se laissait aller à des absurdités, bien loin de la réalité : le flambeau grésillait dans la boue. Voilà, ce n'était plus qu'un morceau de charbon, tout juste bon pour inscrire sur le mur aveugle les termes du contrat.

Fiume est perdue.

Il se passera ici ce qui s'est passé à Zara, à Spalato : le vaincu, notre ennemi vaincu, le Croate crasseux, escaladera pierre à pierre le mur vénitien, comme un singe en furie, et, brandissant un morceau de fer, martèlera le Lion ailé. Ici aussi, à Fiume, ils transformeront les antiques pierres latines en poussière de chaux : pour y bâtir les nouvelles latrines yougoslaves. Les maisons des barbares surgiront sur nos ruines, et leur ciment sera mélangé aux ossements de nos pères. Et nous n'aurons plus qu'à charger sur nos navires les débris de ces pierres glorieuses, et à nous saborder, pour aller retrouver nos morts dans les abysses.

Et l'on dira que la victoire de l'Italie a été écrite sur l'eau. Il lui sembla que tous ces morts tendaient vers lui leurs ossements rongés par le sel : mais en même temps ils fuyaient son étreinte.

Ils ne m'ont pas encore tué, comprit-il.

Il s'était pourtant résigné à cette issue depuis long-temps ! Mais non, seuls mouraient ceux qui ne l'avaient pas souhaité : l'innocent grenadier Bencivenga, et ces légionnaires devant lesquels, la veille encore, jour de Noël, il s'était incliné à la morgue du cimetière de Cosala. Ceux-là étaient jeunes, et ils sont morts, pensa-t-il ; et je ne suis même pas capable de venger leur trépas.

La canaille paysanne, lettrée et illettrée, pourra bien continuer de me vilipender dans toutes les pharmacies du royaume. Il ne servira à rien d'arborer des vêtements resplendissants, si blancs qu'il n'est pas de foulon sur terre qui saurait blanchir ainsi, comme dit l'Écriture. Aujourd'hui, les teinturiers du pays et de l'étranger teignent tout, et même leur peu vénérable chevelure blanche : ils parviendront à la maculer, ils l'ont déjà maculée.

Le Commandant se retournait sous ses couvertures, impuissant à trouver le sommeil.

Un hurlement, de l'autre côté de la porte, le fit frissonner. Qui hurlait ainsi à la mort au cœur de la nuit ? Une terreur superstitieuse lui donna la chair de poule. Puis il entendit qu'on grattait à la porte. Il alluma la lampe et alla ouvrir. Crissa, la levrette, se faufila dans la pièce en remuant la queue.

« C'était toi, ma pauvre Crissa ! Tu as cru que j'étais perdu ? »

La chienne lui léchait la main, et, pendant un moment, Gabriele la caressa et se laissa lécher.

« Crissa ! Comment ai-je pu t'oublier ? Oui, c'est vrai, j'avais mal à la tête... »

Mais il ne comprenait pas. Il ne s'était jamais séparé de sa fidèle chienne, pourquoi n'arrivait-il pas à se souvenir où il l'avait laissée le matin, avant que le plâtras, cadeau de la marine royale, ne lui tombe sur la tête ? Et pourquoi ne reparaissait-elle que maintenant, et, d'ailleurs, d'où venait-elle ?

La trompeuse lucidité de la cocaïne s'empara de nouveau de son cerveau fébrile.

C'est comme si quelqu'un d'autre était en train d'écrire mon histoire, pensa-t-il.

Pendant un instant, une frayeur aveugle l'enserra dans ses griffes.

La chienne le léchait frénétiquement. Et, sous cette langue chaude et râpeuse, il eut l'impression de sentir des clous fichés dans sa main : ce n'étaient pas les stigmates de saint François, mais les fils d'acier de la marionnette.

Il est quelqu'un qui me conduit par la main, et qui se moque de moi, pensa-t-il. Et cette pensée lui fut si insupportable qu'il quitta le lit de camp et, sans s'habiller, alla chercher son pistolet.

Mais, avant de l'avoir trouvé, une autre intuition l'illumina.

C'est ce qu'il attend de moi, comprit-il. C'est là qu'il veut m'emmener, le porc. Mais il ne m'aura pas. Il se frottait déjà les mains, certain de m'avoir plié à ses vues. Mais il ne connaît pas Gabriele D'Annunzio.

Tout le monde attend que je crève, mais il leur faudra être très patient.

Le Commandant a toujours raison.

Il lui sembla être encore au rassemblement des *arditi*, le dernier, celui de la Sainte-Barbe.

« Qui a raison ? » criait l'un d'eux.

Et tous répondaient en chœur : « Le Commandant. »

J'ai raison pour tout le monde, pensa-t-il.

Crissa, lassée de lécher, s'était couchée sous le lit de camp.

Et Gabriele s'assoupit à son tour.

12

De fer froid

Lorsque je frappai à la porte et entrai, je le trouvai assis sur le lit de camp, à demi vêtu. Il fumait une cigarette, et roulait les yeux d'une drôle de manière.

« Je fais des expériences, expliqua-t-il en remarquant ma stupeur. Tu sais que, depuis que j'ai perdu mon œil, quand je ferme l'autre, je vois le ventre d'une araignée noire, immobile. Eh bien, je crois que, avec le coup d'hier, elle s'est réveillée. Il me semble qu'elle déploie ses pattes et qu'elle va se mettre en marche. Elle va remonter le canal oculaire jusqu'au cerveau, et, une fois parvenue à destination, elle me piquera et ce sera fini. »

Le matin lui apportait souvent des fantaisies morbides : mais, ce jour-là, je ne sais pas pourquoi, il me sembla qu'il y avait dans son comportement quelque chose d'affecté. Ça sonnait faux. Et je m'aperçus que, lorsqu'il croyait que je ne le voyais pas, il changeait d'expression ; et qu'il m'étudiait en fermant à demi les yeux, comme s'il avait cherché à percer un secret à jour. Dieu fasse que ce coup sur la tête n'ait pas grippé un si merveilleux engrenage, ne pus-je m'empêcher de penser.

« Des nouvelles ? » me demanda-t-il en sirotant son chocolat.

Je haussai les épaules.

« Le podestat te fait savoir que, aujourd'hui, à trois heures, une délégation de citoyens se rendra au Palais pour un entretien avec toi. Ils soupirent après l'armistice. »

Gabriele me regarda en grimaçant.

« Et nos hommes ?

– On se bat encore, ici ou là. Nous tenons l'abattoir et la Maison des émigrants ; et je dirais que les troupes régulières ont reçu l'ordre de ne pas aller jusqu'au bout. Mais ils nous ont prévenus que, si nous ne nous rendons pas avant ce soir, le *Doria* tirera sur la ville.

– Ils en seraient capables, marmonna Gabriele. Bon, nous recevrons cette délégation. Viens, allons voir s'il reste, dans ce Palais, un salon où les plâtras ne me tomberont pas sur la tête. »

La soudaine docilité avec laquelle il semblait avoir accepté l'inévitable me surprenait un peu. Mais, si c'était un effet du coup qu'il avait reçu, eh bien, pensai-je, ç'aurait pu être pire.

Après avoir gravi le grand escalier, nous traversâmes assez vite le fameux couloir, dont les murs éventrés laissaient passer le souffle glacial de la mer, et franchîmes l'entrée de l'appartement privé, encore rempli de décombres ; seul avait été enlevé le cadavre du pauvre Bencivenga. Un peu plus loin s'ouvrait la porte de bois massif donnant sur le salon d'honneur : c'est là, au cours de ces seize mois, que s'était déroulée plus d'une réunion solennelle, mais, depuis quelque temps, on avait cessé de s'en servir. Nous fîmes marcher l'interrupteur, la lumière électrique fonctionnait. À un signe du Commandant, un officier alla repousser les volets, et la lumière incertaine de l'après-midi éclaira la salle au décor pompeux, chargé d'ors et de stucs, avec les portraits des gouverneurs hongrois encore accrochés aux murs. À cause, peut-être, du plafond trop haut et des immenses fenêtres, il régnait un froid infernal.

« Tant mieux, observa Gabriele. Comme ça, nous abrégerons. »

Les membres de la délégation se présentèrent en habit noir et haut-de-forme. Gabriele arborait son grand uniforme de lieutenant-colonel des lanciers de Novare, avec les écussons et les gants blancs, et son carreau vissé à l'œil. Tous étaient parfaitement dans le ton du décor, qui semblait celui d'un théâtre : mais l'un de ces théâtres de province toujours un peu poussiéreux malgré le zèle des hommes de peine.

La prise de contact fut prudente. La délégation était hérissée de barbes très XIXe siècle : elle semblait sortir tout droit d'un daguerréotype. On comprenait fort bien que, en dépit de bien des déclarations mensongères, ces barbes n'avaient jamais aimé nos légionnaires, leurs mèches et leur fez ; et maintenant qu'il n'était plus utile de se montrer patient, ils brûlaient de s'en débarrasser. La barbe la plus magistrale, la plus suffisante, était celle du sénateur Cosulich. La délégation, pleine de componction, s'informa sur la santé du Commandant : le bruit qu'il avait été blessé lors du bombardement avait aussitôt couru les rues de Fiume.

« Vous pouvez voir, messieurs, que ce n'est rien, les rassura Gabriele, montrant le bandage qui lui couvrait la tempe. Le plâtras inerte s'est contenté de modifier les courbes de mon crâne. Le principal préjudice tient à ce que je ne pourrai plus porter mes vieilles couronnes de laurier. Je me suis déjà occupé d'en commander une nouvelle en zinc peint, d'un diamètre de cinquante-trois centimètres. »

Les visages des délégués restèrent impassibles. Quand bien même ils auraient compris, ils n'avaient nulle envie de rire. Ils se félicitèrent tous, néanmoins, du sort qui avait favorisé le Commandant : mais plus d'un, dans le secret de son cœur, maudissait cet angle de hausse trop faible qui avait fait éclater l'obus trop loin de lui. Puis le podestat prit la parole et, après un préambule un peu trop sec, il aborda de front l'ordre du jour.

« Il est désormais hors de question de défendre la ville par les armes, les troupes régulières nous encerclent et, dès ce soir, elles pourraient être là. Mais le pire, c'est qu'on menace de bombarder la ville. Face à cette perspective, vous comprendrez, Commandant, qu'il est de notre devoir à tous d'épargner de nouvelles souffrances à nos concitoyens. »

Gabriele s'apprêtait à répondre, mais, pour la première fois, à la grande stupeur des officiers et de lui-même, on ne le laissa pas parler. Le podestat n'avait pas terminé ; et, à sa suite, tous les membres de la délégation voulurent renchérir. Cosulich décrivit avec une complaisance particulière les souffrances qui attendaient les Fiumains en cas de résistance inconsidérée. Voyant qu'ils ne l'écouteraient pas tant qu'ils n'auraient pas tous vidé leur sac, Gabriele se résigna et me murmura à l'oreille :

« Allez, faisons comme Ésope.

– C'est-à-dire ? demandai-je, sans comprendre.

– Laissons parler les bêtes. »

Enfin, il put prendre la parole. Du reste, les délégués avaient tous plus ou moins répété la même chose : pas un ne s'était écarté de l'opinion générale.

« Messieurs, commença Gabriele. Il est hors de question, dites-vous, de défendre la ville par les armes. Et pourquoi donc ? Serait-ce parce que, pour un de nos hommes, il y a là, en face, dix, que dis-je, cent soldats ? Mais nos hommes sont tous des *arditi* au cuir tanné, au cœur sec, forgés dans la rocaille du Piave, alors que ceux d'en face sont des recrues mal dégrossies, à peine arrachées à la charrue et au fumier. N'était notre répugnance à verser du sang fraternel, leurs corps formeraient déjà des tas au barrage de Cantrida. »

Ces fanfaronnades laissèrent les délégués de marbre ; Gabriele poursuivit néanmoins, sans en tenir aucun compte.

« Il est hors de question de défendre la ville par les armes, dites-vous : parce que nous sommes trop peu et que quelques-uns, foudroyés par l'espoir d'une pension ou par le fumet des popotes ministérielles, ont déjà déserté. Eh bien, je vous dis que, si nous n'étions que dix, ces dix que vous voyez aujourd'hui avec moi – et, d'un geste, il désigna le petit groupe d'officiers serrés, l'air sombre, derrière lui –, nous serions encore les plus forts. Nous nous rions du canon de Caviglia. Et ceux qui s'en vont, nous ne les saluons pas. »

Les délégués commençaient à s'agiter, visiblement indisposés ; et Cosulich, sa barbe électrique frémissante d'indignation, était sur le point de se lever et de lui couper la parole ; mais Gabriele le cloua sur son fauteuil d'un regard d'airain, et sa voix monta d'un ton.

« Mais ici il ne s'agit pas de pouvoir ou non défendre la ville : parce que, je le répète, nous pourrions la défendre jusqu'à ce que les chevaux de l'Apocalypse se ruent hors des écuries. Il s'agit, comme vous le dites, des souffrances du peuple de Fiume, des souffrances que nous pouvons imposer, ou éviter, au peuple de Fiume. Eh bien je suis heureux que ce peuple, notre peuple, mon peuple, vous tienne si subitement à cœur. »

Le silence était tombé sur la salle. Déconcertés, les délégués attendaient de voir où il voulait en venir, après la tournure imprévue qu'il avait donnée à son discours.

« Vous vous souvenez ? les harcela Gabriele. Nous nous sommes réunis dans ce même salon, il y a huit mois, pour discuter de salaires et de droit de grève. Vous vous souvenez ? Nous nous sommes réunis, vous, les délégués des ouvriers de Fiume et moi, pour régler vos différends. Nous étions là, dans cette même salle pompeuse et froide, où les lourdes dorures, où les stucs montraient qu'ils ne comprenaient pas le nouveau régime, stupidement immobiles, comme les portraits des vieux gouverneurs magyars, couverts d'épaisses fourrures, bouffis d'autorité hargneuse. Les voyez-vous ? Ils sont encore pendus ici, aujourd'hui comme il y a huit mois. »

Quelques-uns levèrent en effet des yeux bovins pour étudier les visages de ces pendus. Les Magyars leur rendirent leur regard, immobiles, avec leurs moustaches en brosse et leurs pommettes saillantes d'arrogance barbare. La voix du Commandant résonnait jusque dans les recoins les plus cachés, clouant chacun sur son fauteuil.

« Ici, dans cette salle, les ouvriers parlèrent, dépeignant bel et bien l'image de la misère. Et, dans leurs paroles, alors, oui, s'exprimaient vraiment les souffrances du peuple de Fiume : les femmes décharnées, presque exsangues, épuisées, qui avaient vendu leurs derniers meubles et leurs dernières guenilles ; les enfants squelettiques, ridés comme des vieillards, dont le regard insoutenable semblait transpercer leurs paupières gonflées et violacées ; les hommes malades, avec leurs désespoirs faibles et rauques enveloppés dans une écharpe de laine sans couleur, restes de la fatigue qui creuse les poumons, tord les os, brûle les yeux, ronge les entrailles. Et, tandis qu'ils parlaient, je n'eus pas le sentiment que vous étiez émus par les souffrances du peuple de Fiume, vous qui les écoutiez le regard grave et la paupière ensommeillée. Vous étiez assis dans ces mêmes fauteuils funèbres, construits avec les os dorés des vieux Magyars défunts, et vous vous taisiez. Et quand nous en vînmes aux négociations, il fallut que je dispute pour eux, pour ces hommes, ces femmes et ces enfants, le quignon de pain et le centime. Et chaque fois qu'un homme maigre se levait pour dire : "Ce n'est pas assez", un homme gras se levait et répondait : "C'est assez". »

Muets, les délégués ruminaient les paroles par lesquelles ils auraient pu répondre à ce torrent d'éloquence ; mais, ils le sentaient au fond d'eux-mêmes, elles ne seraient jamais plus convaincantes que les canons du *Doria*. Les plus stupides croyaient sans doute que ce discours était le prélude à un refus, et ils s'inquiétaient ; mais je vis que Cosulich souriait tranquillement dans sa barbe, et je sus qu'il avait compris. En vérité, il avait bien jugé son homme.

« Et vous voudriez me faire croire, maintenant, que c'est votre sollicitude envers le peuple de Fiume, votre sollicitude envers ses souffrances, qui vous a conduits ici ! Non, messieurs, ce qui vous a fait quitter vos fauteuils et vos bureaux, c'est votre sollicitude pour les magasins, pour les ateliers, pour les immeubles, pour les bons du Trésor, que vous avez accumulés et dont vous songez qu'il serait enfin temps de jouir, et à Dieu ne plaise qu'un coup de canon mal dirigé vous prive si près du but d'une juste rémunération ! Non, messieurs, vous ne vous souciez pas des souffrances du peuple de Fiume. Moi seul m'en soucie : moi, le Régent. Et c'est moi qui vous dis que, pour ces femmes exténuées, pour ces enfants squelettiques, pour ces travailleurs privés de travail, l'holocauste a déjà été consommé : il ne peut pas se prolonger. »

À ces mots, un soupir de soulagement très audible sortit des bouches des délégués. Gabriele, avec son monocle devant l'œil et son col amidonné, très improbable défenseur du peuple souffrant, marqua une pause. C'est alors qu'une voix s'éleva, sourde, impossible à identifier, dans les derniers rangs de fauteuils ; et l'on ne sut jamais si elle comptait être entendue de l'orateur, ou si elle formulait, à l'usage de ses voisins, un simple commentaire, peut-être un peu trop sonore :

« Pour quatre cents brutes, mortes brutalement ! »

Gabriele sursauta.

Tout le monde avait entendu, et tout le monde se taisait.

« Oui, c'est vrai, j'ai écrit cela, dit lentement Gabriele, qui avait recouvré la maîtrise de soi. J'ai écrit cela ! Mais pouvait-on écrire autre chose, dans l'Italie de Custoza et d'Adua ? »

Personne n'eut l'impolitesse de lui faire remarquer que, lorsqu'il avait écrit cette phrase, Adua n'avait pas encore eu lieu.

« Mais, aujourd'hui, le peuple d'Italie est le peuple de Gorizia et du Sabotino, du Piave et de Vittorio Veneto ! Et si ce peuple, messieurs, nous demande, ici et maintenant, d'éloigner l'holocauste de ses foyers, eh bien, nous écouterons son cri ! Non pas celui des coffres-forts et des conseils d'administration, mais celui du peuple : c'est devant lui que le Régent s'incline. »

Il se tut un instant, contemplant l'auditoire abasourdi.

« Ces messieurs, en tant que représentant de la Libre Commune, auront la bonté d'élire des plénipotentiaires, qui traiteront avec le général Caviglia la reddition de la ville et l'entrée des troupes royales. À partir de ce jour, le Commandant de Fiume renonce à son autorité. »

Les délégués, maintenant, murmuraient, mais Gabriele ne s'en soucia pas ; pas plus qu'il ne se soucia des officiers qui, derrière lui, paraissaient pétrifiés.

« Je remets entre les mains du peuple de Fiume, répéta-t-il d'une voix métallique et bien scandée, les pouvoirs qui me furent conférés. Et j'attends que le peuple de Fiume me demande de sortir, avec mes légions, de la ville où je ne suis entré que pour son salut. »

Il descendit de l'estrade, passa devant moi.

« Quelle tristesse ! murmura-t-il. Heureusement, c'est fini. »

« On ne peut pas entrer, dit Italo.

« Ôte-toi de là, crétin ! » rétorqua l'un des hommes de Faussone ; et, sans autre forme de procès, ils le poussèrent de côté. Quand ils furent entrés, ils se rangèrent en silence le long du mur, se bousculant pour trouver de la place : une forêt de bottes barbouillées de boue, de culottes gris-vert. Faussone, portant un pull-over noir sous son anorak et un fez noir dont le gland lui frôlait la nuque, se mit au garde-à-vous devant le Commandant. Gabriele ne paraissait pas du tout surpris par cette irruption et les regardait tranquillement, en se caressant le menton ; où, dans les trois ou quatre derniers jours, avait poussé une petite barbe hirsute et chenue. Italo avait essayé d'entrer, lui aussi, mais on lui avait claqué la porte au nez.

« Alors ? » demanda le Commandant. Ses yeux étaient rouges et bouffis de sommeil, mais, dans celui qui voyait encore, brillait une lueur d'attente.

« On les a débusqués, déclara brièvement Faussone. Ils sont quatre. Cinq, avec l'autre.

– Et où sont-ils ?

– En sûreté. Dans l'entrepôt de l'usine de torpilles, enfermés avec un cadenas. La police n'est pas au courant.

– Bravo, Faussone », dit le Commandant. Le gros homme se rengorgea.

« On vous en a apporté un. Celui-là, ajouta-t-il avec une grimace indéfinissable, parle italien. »

Sur un geste de leur chef, les *arditi* poussèrent en avant un homme que, jusqu'alors, on n'aurait pu distinguer du reste du groupe, et qui, si l'on en jugeait par l'expression de son visage, n'avait aucune envie d'occuper le devant de la scène. Il portait une veste de coupe militaire, d'une couleur incertaine, sans col ni écusson.

« L'avez-vous déjà interrogé ? demanda Gabriele en l'examinant avec curiosité, comme une bête rare.

– Oui, monsieur.

– Et a-t-il parlé ?

– Trop, même. Les gars voulaient lui faire la peau sans attendre. »

L'œil de Gabriele brilla.

« Toi, dit-il en s'adressant au prisonnier, comprends-tu ce que je dis ?

– Bien sûr », marmonna l'autre.

Gabriele se tut pendant un instant.

« Qui a jeté la fille dans le puits ? » murmura-t-il ensuite. L'homme haussa les épaules.

« Moi. Mais elle était déjà morte. Je voulais pas la tuer, moi. Elle rapportait de l'argent, celle-là. Mais c'est Petar et Zeljko qui l'ont tuée. »

Les hommes s'étaient rapprochés et écoutaient dans un silence tendu.

« Et comment l'ont-ils tuée ? poursuivit le Commandant.

– Oh, comme ça, grommela l'autre, indifférent. Ils lui ont attaché les mains dans le dos. Puis ils lui ont attaché le cou aux chevilles, avec du fil électrique. Elle pleurait, moi je croyais qu'ils voulaient juste lui faire peur.

– Et en fait ? » La voix de Gabriele n'était plus qu'un souffle.

« Et en fait ils voulaient vraiment la tuer. Et quand il a vu qu'elle ne mourait pas, Petar s'est fâché, il a pris un tournevis et il lui a transpercé les joues. Ça a pris du temps, mais, à la fin, il a réussi. Elle criait comme un porc, pourtant ils lui avaient rempli la bouche de terre. Alors Zeljko a pris une pierre et lui a cogné la tête jusqu'à ce qu'elle soit morte. Après, on s'est disputés. Moi, je disais de la brûler, mais les broussailles ne donnaient que de la fumée, c'est trop humide dans la cour. Pour finir, on l'a jetée dans le puits.

– Et les autres filles ont tout vu ?

– Bien sûr. Ça leur apprend à ne pas faire d'histoires. Celle-là, elle en faisait trop. »

Dans la pièce, on aurait entendu une mouche voler.

« Et toi, où as-tu appris l'italien ? » demanda le Commandant au bout d'un moment. L'homme ouvrit la bouche, puis la referma. Il ne comprenait pas.

« Mais je suis italien », dit-il enfin.

Il s'avéra que ce brave homme était caporal au *** d'infanterie, et que, après l'armistice, il avait été cantonné dans les environs de Ljubljana. Quand il avait été démobilisé, il avait préféré ne pas rentrer en Italie, où les préfectures de police n'étaient que trop bien informées sur son compte, et de rester là, où il avait déjà mis en place quelques trafics. La fille venait d'une famille de paysans de la région, et c'est lui qui l'avait remise à ses camarades, lorsqu'ils avaient décidé de descendre à Fiume pour se lancer dans le commerce de la chair fraîche.

« Elle m'appartenait », dit l'homme ; et il sembla qu'il n'ajouterait pas un mot. Mais quand Faussone lui fit comprendre qu'il n'avait pas l'intention de se contenter d'une réponse aussi évasive, sa langue se délia. Le régiment, raconta-t-il, venait d'arriver au cantonnement, et les soldats étaient dispersés dans la campagne ; c'était déjà l'hiver, et il n'y avait pas grand-chose à manger. Pour relever les macaronis de l'ordinaire, les hommes, avec l'accord tacite des officiers, battaient la campagne à la recherche de nourriture quelconque ; et il n'était pas rare qu'ils échangent quelques coups de fusil avec les bandes de déserteurs autrichiens qui se cachaient dans les environs. Un beau jour, l'escouade commandée par le caporal en avait mis trois ou quatre en fuite qui avaient envahi une ferme. En fouillant bien, ils avaient déniché une fille tremblante tapie dans l'étable. Avec quelques mots d'un italien haché, un peu de slave et force gestes, la fille avait expliqué qu'elle était seule, qu'elle mourait de faim, qu'elle avait peur des déserteurs, et elle avait imploré les soldats italiens de l'emmener avec eux, proposant de s'occuper de leur linge. Sans réfléchir plus que ça, le caporal lui avait dit que c'était bon, qu'elle n'avait qu'à les suivre.

Une demi-heure plus tard, l'escouade était sur la route du retour, suivie de la fille qui portait sur l'épaule son baluchon de hardes. Mais le caporal s'aperçut bientôt que les autres étaient mécontents et manigançaient quelque chose. Ils arrivèrent à la ferme abandonnée où ils avaient pris leurs quartiers : ils dormaient là, les uns dans des pièces aux fenêtres sans vitres et sans volets, les autres dans le grenier ou dans l'étable. Le caporal avait emmené la fille dans sa propre chambre et avait commencé à chercher un matelas ; mais, presque aussitôt, ses hommes étaient entrés, les uns derrière les autres, d'un air sombre et déterminé, et lui avaient dit que ça n'allait pas du tout. Il ne pouvait pas garder la femme pour lui seul. La fille comprenait plus ou moins : dans son italien laborieux, elle s'empressa de promettre qu'elle leur laverait leurs chemises à tous. Oui, c'était bien cette histoire de chemises qu'ils avaient en tête ! Le meneur, avec une expression de dureté sur le visage, dit au caporal que, si la fille voulait rester là et avoir à manger, elle devait appartenir à toute l'escouade. Ils étaient douze. Le caporal haussa les épaules, pour ce qu'il s'en souciait ! Ils expliquèrent à la fille, tremblante, ce qu'ils attendaient d'elle ; et le meneur ajouta que, si elle voulait manger, il fallait commencer dès ce soir : avec les douze. Cela faisait deux jours que la fille n'avait pas mangé et elle allait s'évanouir : elle accepta cet horrible marché. « Mais, ajouta le caporal, soucieux de récupérer une autorité qui lui échappait, c'est moi qui commence » ; et les autres reconnurent que c'était juste. Ils les laissèrent seuls, et le caporal fit ce qu'il avait à faire ; puis il appela le deuxième. La gymnastique se poursuivit jusque tard dans la nuit.

C'est le mot qu'avait employé le caporal : la gymnastique.

« À la fin, elle n'arrivait même plus à pisser », ricana-t-il.

Gabriele essuya son monocle, le cala dans son orbite et dévisagea l'autre, froidement ; mais sa lèvre inférieure tremblait.

« Et puis ? »

Et puis il n'y avait pas grand-chose à ajouter ; à quelque temps de là, après la démobilisation, tous les hommes avaient reconnu que le pacte était rompu, et que la fille appartenait au caporal, lequel, du reste, avait déjà une idée de la façon dont il pourrait tirer profit de sa propriété. Ce qu'il n'avait pas imaginé, après un tel dressage, c'est que les manières de ses nouveaux associés et le traitement qu'ils lui firent subir pour la jeter sur les trottoirs de Fiume, pousseraient la fille à se rebeller jusqu'à ce que les autres, excédés, préfèrent se débarrasser d'elle.

« Dommage, répéta le caporal. C'est du gâchis. Mais les Slaves sont comme ça, ce sont des sauvages. »

Quand il se tut, le silence se prolongea. C'est Gabriele qui le brisa.

« Faussone, murmura-t-il.

— Oui, monsieur ! s'exclama le gros homme en faisant un pas en avant.

— Fais-moi sortir cette ordure d'ici, murmura Gabriele, d'une voix très basse. Et, après, reviens. »

L'homme fut emmené à l'extérieur de la pièce, où il resta sous la garde de deux *arditi* ; puis Faussone rentra.

« Et les autres sont comme celui-là ? demanda Gabriele.

— Avec votre permission, Commandant, ils sont encore pires, dit Faussone.

— Que faisons-nous ? » demanda Gabriele, d'une voix éraillée. Il avait les yeux plus rouges que jamais, et le nez qui coulait : le rhume avait gagné du terrain, et un autre morceau de son cerveau fondait en morve.

« Faussone, dans quelques jours, nous partons d'ici, tu le sais, n'est-ce pas ? poursuivit-il, comme s'il réfléchissait à voix haute. Si nous les remettons entre les mains de la police, ils trouveront un moyen de filer en douce.

– Sûr et certain », confirma Faussone.

Gabriele se tut. J'étais le Régent du Carnaro, pensa-t-il. J'ai imprimé des timbres. Et ces hommes ont confiance en moi, ils feront tout ce que je leur commanderai. Ils attendent que je décide. Et la fille, elle aussi, là-bas, dans cette cour de ferme où nous l'avons enterrée cette nuit-là, elle attend. Je croyais être seul à avoir vécu une vie inimitable. La sienne ne l'a-t-elle pas été autant ? Et la belle mort que j'espérais, dorénavant, je ne pourrai plus me la représenter comme une femme maigre avec du poison dans le chaton de sa bague : derrière son voile transparaîtra toujours la chose au fond du puits, avec sa joue trouée. Et le pire, c'est que ma chair s'excite quand j'y pense. La chair est vile.

Les hommes se taisaient, dans l'attente. Gabriele avait toujours détesté devoir prendre des décisions. Mais, ici, il ne pouvait se dérober. N'avait-il pas dit lui-même, quelques jours plus tôt, que les traîtres devaient être égorgés d'un fer froid ? Et ceux-là, n'étaient-ils pas pires que des traîtres ?

« Occupe-toi d'eux, dit-il enfin. Qu'on n'entende plus jamais parler d'eux. Tu m'as compris ? Que personne, jamais, n'entende parler de ces misérables.

– Oui, monsieur, dit l'homme à la paupière tailladée, une lèvre se soulevant sur ses canines.

– Tu m'as bien compris, hein ? Attention !

– J'ai compris, Commandant », murmura Faussone.

Quand nous fûmes seuls, Gabriele s'assit. Il était épuisé, mais son œil brillait.

« Tu sais quoi ? dit-il. Pendant des nuits, j'ai eu l'impression d'entendre l'assassinée qui hurlait, dans son obscurité immobile, sous la pluie molle. Maintenant, il me semble qu'elle ne hurle plus. »

Peut-être étais-je fatigué, peut-être étais-je plongé dans mes pensées : la maison de Milan, par exemple, avec un arriéré de loyer à payer. (J'avais écrit au propriétaire, mais n'avais pas encore reçu sa réponse.) Il s'aperçut que j'étais distrait, et il se vexa.

« Ce n'est peut-être pas grand-chose, marmonna-t-il. Mais je l'avais dit et je l'ai fait. »

13

La reddition des comptes

Quand elle apprit notre départ, Delfina pleurnicha un peu, mais il en fallut bien peu pour la consoler : il suffit que je sorte mon portefeuille. Je ne pouvais pas lui laisser grand-chose, mais il était inutile d'emporter les couronnes avec l'estampille hongroise et croate, tu parles d'un trésor ! alors qu'elles avaient toujours cours à Fiume. J'étais bien un peu contrarié à l'idée que, bientôt, d'autres hommes la paieraient avec les nouveaux billets yougoslaves ; mais, comme je ne pouvais bien sûr pas l'emmener avec moi, il était juste, au fond, qu'elle partage le sort de la ville. Elle était là, à présent, buvant son café, le petit doigt en l'air, les yeux encore un peu rouges. Du vrai café : miraculeusement, après le cessez-le-feu, il avait, lui aussi, refait son apparition.

À un moment donné, Dieu sait pourquoi, elle voulut avoir des nouvelles du Commandant.

« Ah, lui, il est tranquille, l'assurai-je. Il croit avoir soldé tous ses comptes. »

La fille parut noter une pointe d'amertume dans ma réponse, car elle posa sa tasse et me regarda, intriguée.

« T'es en colère contre lui ? demanda-t-elle.

– Mais non ! » marmonnai-je, mécontent. Et, en effet, qu'aurais-je pu lui reprocher ? De ne pas s'être fait tuer au barrage ? Allons donc ! En fait, c'était peut-être la souplesse avec laquelle il s'adaptait à la nouvelle donne, alors qu'il était persuadé d'avoir tout mis en ordre. Pour la énième fois. Mais il y a un compte qu'il avait oublié de solder.

Quand je lui parlai de la jeune fille de bonne famille, Delfina éclata d'un rire éperdu. Personne ne lui avait jamais dit que les demoiselles, elles aussi, baisaient comme les prolétaires, et peut-être même encore plus facilement. Comment cela ? Je deviens vulgaire ? Eh bien, voici ce qu'écrivait Leopardi à son frère Carlo, de Rome, en novembre 1822, à propos des Romaines (qui l'avaient plutôt déçu) : « Elles ne baisent (croyez-moi) qu'avec ces infinies difficultés qu'on rencontre dans les autres pays. »

« Et où qu'elle est, maintenant ? » demanda Delfina.

Je haussai les épaules, je n'en avais pas la moindre idée. Depuis quelques jours, Gabriele était devenu très mystérieux, surtout avec moi. Et, jusqu'à ce moment-là, avouons-le, j'avais eu d'autres chats à fouetter. Mais la curiosité de Delfina ne me lâcha pas et, par la suite, j'essayai quelquefois de l'interroger à ce propos, comme par hasard : avait-il revu Cosette avant de quitter Fiume ? Mais il changeait aussitôt de sujet, et ne voulut jamais rien me raconter. J'ai dû attendre jusqu'à il y a quelques jours, pour le savoir.

J'étais dans un café, au bord du lac. Je buvais une limonade. Une escouade d'auxiliaires féminins s'entraînait sur l'esplanade. Quand elles rompirent les rangs, l'officier qui les commandait entra dans le café et se dirigea vers le comptoir.

« Un cognac ! » ordonna-t-elle d'un ton sec.

C'était une femme menue, portant un béret enfoncé sur la tête et des lunettes rondes à verres noirs. Je ne sais pourquoi je m'intéressai à elle : j'étais très loin d'imaginer qui elle était. Je ne reconnus pas sa voix, qui était devenue profonde, et rauque. L'auxiliaire but son cognac d'un trait, puis ôta ses gants, alluma une cigarette. J'avais abaissé mon journal et je l'observais ; peut-être mon regard l'agaça-t-elle, je ne sais pas, ou peut-être, la première, me reconnut-elle. Elle souleva les verres noirs, et c'est alors que je la reconnus à mon tour.

« Veuillez m'excuser, ne seriez-vous pas le capitaine A*** ? » demanda-t-elle en s'approchant.

Je me levai.

« Et vous êtes mademoiselle Cecilia. Ou madame ?

– Voyez vous-même », murmura-t-elle avec un sourire las. À l'annulaire, elle portait une alliance de cuivre jaune.

Elle s'assit à ma table et nous échangeâmes les banalités d'usage ; cependant, nous ne cessions de nous examiner. J'ignore ce qu'elle vit, mais je découvrais, quant à moi, une femme entre deux âges, trop maigre, et dont les yeux étaient assiégés par les rides ; avec cela, animée par une énergie malsaine, qu'alimentait un foyer qu'on devinait toujours allumé. Mais elle avait un teint blafard, et des cernes, et il n'était pas difficile de comprendre qu'elle dormait trop peu.

Dans la demi-heure que nous passâmes là, le cendrier se remplit de mégots barbouillés de rouge.

Sur le col de son uniforme, le glaive argenté de la République brillait comme un bijou (je découvris plus tard qu'elle l'avait vraiment fait reproduire en argent, par un joaillier, à ses frais).

Elle ne me raconta que peu de chose sur elle-même. Nous parlâmes surtout de Lui. Voilà six ans qu'il est mort, mais on aurait dit qu'il allait entrer d'un moment à l'autre dans le café.

« L'avez-vous revu ? » m'informai-je prudemment.

Elle secoua la tête, avec un sourire déçu.

« De loin en loin, à l'occasion de quelque cérémonie. Je lui ai écrit, une fois, mais il ne m'a jamais répondu. »

Cela ne m'étonnait pas. J'aurais pu lui dire que cinquante, ou cent autres étaient dans la même situation. Au lieu de quoi, par pitié, je tâchai d'ébaucher une explication consolatrice.

« Il n'ouvrait jamais les lettres. Les enveloppes s'accumulaient, puis, un beau jour, son secrétaire les décachetait pour vérifier qu'elles ne contenaient pas de chèque, puis il jetait tout. Je le sais d'autant mieux que, pendant des années, c'est moi qui fus chargé de cette besogne. Mais plus après notre retour de Fiume », m'empressai-je d'ajouter.

Mais Cecilia ne m'écoutait pas.

« Quand on nous a transférées ici, je suis aussitôt allée au Vittoriale, raconta-t-elle, de nouveau pleine d'une vivacité artificielle. J'ai fait le tour de la villa, mais je n'ai pas pu entrer. Vous y êtes allé ? »

Puisque ça lui faisait plaisir, je décrivis la villa par le menu. Elle buvait mes paroles, le menton reposant sur son poing, les yeux étincelants. Évidemment, il fallut bien plus que cette demi-heure que nous passâmes au café : je crois avoir continué toute la nuit, tant, on le sait, le sujet est inépuisable. Peut-être est-ce simplement pour ne pas interrompre ce récit qu'elle coucha avec moi. Mais il ne me semble pas : elle était affamée. Son mari, paraît-il, était resté à Fiume, elle ne l'avait pas vu depuis des mois.

Pendant que nous nous déshabillions, je ne pus m'empêcher de me rappeler tout ce que Gabriele m'avait raconté d'elle : je veux dire, comme maîtresse. Bien que des années se fussent écoulées, il était certains détails que je n'avais pu oublier. Mais je m'aperçus bientôt que ces années s'en étaient allées pour de bon : non pas tellement parce que sa bouche avait la mollesse d'un édredon, et que sa chair, çà et là, s'affaissait sous la main. Menue comme elle était, elle pouvait même encore passer pour une jeune fille. C'étaient les gestes experts, et les mots impudiques, qui laissaient deviner tout le temps qui s'était écoulé.

« Je suis une bonne putain, non ? » murmura-t-elle à un moment donné.

Je la regardai, elle était moite de sueur, bien qu'il fît toujours froid dans ce galetas, et une lumière morbide luisait dans ses yeux.

C'est alors qu'elle me raconta cette dernière nuit.

« C'est Gabriele qui m'a téléphoné. Si ma mère avait répondu, rien ne se serait passé, et peut-être ne l'aurais-je jamais revu. Mais, ce jour-là, c'est moi qui ai décroché. Il avait la voix cassée, hagarde. Je parlais tout bas, pour que personne ne m'entende : toute la famille était à la maison.

Pendant un moment, nous n'avons fait que répéter, comme hébétés : "C'est toi ? C'est toi ?"

Je ne sais ce que nous nous sommes dit : nous étions tous deux dévorés par la fièvre, et nous étions obligés de chuchoter.

"Veux-tu que je vienne ? lui dis-je enfin. Veux-tu que je vienne chez toi ?"

J'ai dû rassembler tout mon courage pour sortir. Gabriele s'en est aperçu d'emblée, dès qu'il a glissé sa langue dans ma bouche. Apparemment, j'avais un goût un peu fort. »

Elle repoussa les couvertures et se leva, nue, traversa la chambre glaciale pour aller prendre son paquet de cigarettes, puis elle revint se blottir contre moi. Elle avait les pieds gelés.

« Il fit la grimace, s'écarta de moi et me regarda. Je ne pus pas m'empêcher de rire.

"Tu ris ? Tu as bu ?" J'acquiesçai, j'essayai d'avoir l'air honteuse, mais je ne pouvais toujours pas m'empêcher de rire.

"Tu as bu avant que je ne t'appelle... ou après ?" insista-t-il.

Je crois bien lui avoir répondu : "Avant... et après !" J'aimais être effrontée. Je fus nue avant lui, je ne lui laissai même pas le temps de se déshabiller. Son uniforme me rendait folle. Je voulais, tu comprends, que cette étoffe rugueuse me frotte la peau. Je me frottai contre lui, je frottai ce qu'il appelait l'or et le corail.

"Toi ! Comme tu m'as manqué !" répétai-je. À un moment, je crois avoir poussé un gémissement de douleur : je m'étais frottée un peu trop fort. Et alors, je ne sais pas pourquoi, Gabriele me repoussa. Il était en proie à une colère glaciale. »

Un peu de cendre était tombée sur la couverture rêche. Elle la balaya du revers de la main ; puis, pour la première fois, elle sentit le froid et frissonna. Elle écrasa sa cigarette et s'allongea sur moi.

« Je n'ai jamais compris pourquoi il s'était mis en colère. Les autres fois, il aimait que je sois impudique. Tu peux imaginer cela ? »

Cela faisait un moment que je ne me fatiguais plus à essayer de deviner les pensées de Gabriele, mais je l'avais fait tous les jours pendant si longtemps que je n'eus aucun mal à essayer une fois de plus.

« Je crois, dis-je lentement, que, à cette époque, Gabriele n'éprouvait aucun plaisir à se souvenir que l'on peut retirer une jouissance de la souffrance. »

La femme me regarda sans comprendre.

« Mais c'est pourtant la chose la plus importante qu'il m'ait enseignée ! répliqua-t-elle en haussant les épaules.

– C'est possible, admis-je. Mais, en ce moment précis, tu faisais tourner devant lui un fantôme avec lequel il croyait avoir réglé ses comptes. C'était comme s'il était sorti du puits, avec son fil électrique autour du cou. »

Cette fois, Cecilia se releva sur un coude et me regarda avec stupeur.

« Quel fil électrique ?

– Mais tu ne rappelles pas ? » dis-je. Dieu sait pourquoi, j'avais cru qu'elle la connaissait aussi bien que moi, cette histoire : car elle me paraissait inséparable de la sienne. Mais je dus me rendre à l'évidence : elle n'en avait jamais entendu parler.

« Raconte-moi ! » dit-elle impérieuse ; et j'obéis. Elle écoutait, blottie contre moi, les yeux écarquillés. Quand j'arrivais à l'histoire du puits, je la sentis trembler.

Je m'interrompis.

« Qu'y a-t-il ? C'est cette histoire qui t'angoisse ? Veux-tu que je me taise ?

– Éteins la lumière », ordonna-t-elle en guise de réponse, d'une voix rauque ; et, quand je me fus exécuté, elle me chevaucha avec une telle fureur que j'en perdis le souffle.

Dès qu'elle se fut défoulée, elle s'allongea sur le dos et alluma une autre cigarette. Son petit visage pointu s'était durci.

« Je ne comprends toujours pas, objecta-t-elle. Parce que ce qu'il m'a appris, il me l'a appris, justement, cette nuit-là. Oh, je l'avais déjà lu dans ses livres, bien sûr. Je savais tout, ou le croyais du moins : mais cette dernière nuit n'a pas été différente. Et donc, je ne comprends pas. »

Moi, au contraire, je ne comprenais que trop bien.

« Ignores-tu que Gabriele n'a jamais su résister aux tentations ? Eh bien, cette fois encore, il n'a pas su résister. Et peut-être s'est-il montré d'autant plus cruel qu'il était ennuyé d'avoir été démasqué. »

Cecilia acquiesça : elle commençait elle aussi à comprendre.

« Sais-tu ce que Gabriele me dit, cette nuit-là, après m'avoir repoussée ? Il me dit : "Et quand je ne suis pas là, comment fais-tu ?" Je ne comprenais pas. Je voyais bien, ça oui, qu'il y avait en lui une étrange volupté. Mais je ne pouvais comprendre. J'étais ingénue, et ivre. "Tu ne le sais pas", lui murmurai-je à l'oreille ; et je riais encore. "Non ! Je ne le sais pas ! Montre-moi !" répliqua-t-il. "Non", murmurai-je. "Tu ne peux pas l'imaginer tout seul ?" Je croyais que ça suffirait. Mais il insistait, le regard sombre. "Et avec quoi ?" J'étais inquiète à présent. Je n'avais plus envie de rire. J'avouais pourtant. "Avec un flacon de

parfum ; ou avec le manche d'une brosse." J'avais tellement honte. Et lui... »

Cecilia se tut.

« Et lui ? murmurai-je.

– Il me dit qu'il voulait voir, reprit-elle d'une voix atone.
Avec fureur, oui, avec fureur, il s'arracha à mes bras qui
l'enlaçaient de nouveau. Il fouilla dans un sac et en sortit
une brosse à manche d'ivoire. Je la vois encore, cette
brosse. Il me la fourra dans la main, serra mes doigts de
force sur les soies. "Allez ! Montre-moi !" Je tremblais
de tous mes membres. Je ne cessais de répéter : "Je ne veux
pas !" Mais il insistait. "Je veux voir" », répétait-il.

Je déglutis.

« Et tu as obéi ? »

La femme se tut un instant. Nous baignions dans
l'obscurité.

« Bien sûr, murmura-t-elle enfin.

– Comment cela ?

– Les fesses en l'air. Je pleurais. Je me rappelle que je lui
ai dit : "Mais pourquoi ? Pourquoi, puisque tu es là ? Pourquoi m'obliges-tu à faire l'amour avec un objet froid ?"

– Maintenant, tu comprends, non ?

– Oui. À l'époque, je ne pouvais pas. Mais je n'en avais
même pas besoin. Ce que j'avais lu dans ses livres me suffisait. Je pleurais, mais je l'ai fait. Tu me crois ? Je me sen-
tais aimée. »

« Voilà tout », murmura humblement Cecilia quand elle
eut fini de me raconter cette histoire.

Je caressai ses cheveux pendant un moment.

« C'est vrai, tu sais, dis-je.

– Quoi ?

– À sa manière, il t'aimait.

– Je sais », dit-elle avec une fierté pathétique.

Soudain, elle s'aperçut qu'il était tard.

« Il faut que j'y aille », s'exclama-t-elle ; et, une seconde après, elle enfilait déjà ses bas, agrafait son soutien-gorge. Quand elle eut boutonné sa veste gris-vert, elle sortit de son sac un petit peigne, se recoiffa, se passa un peu de rouge sur les lèvres. Elle allait m'embrasser, mais elle ne voulut pas gâcher son maquillage : elle eut un sourire incertain, puis le cacha derrière ses lunettes noires. Elle boucla l'étui de son pistolet et son ceinturon, et elle disparut.

Je restai au lit à fumer, pensant qu'elle avait quitté de la même manière la chambre de Gabriele après cette dernière nuit : c'était comme si, après cette rencontre, sa vie avait été condamnée à parcourir sans fin le même labyrinthe. Je songeai à tout ce qu'elle m'avait raconté, je m'imaginais ces dernières minutes, là-bas, à Fiume, il y avait vingt-quatre ans.

Le jour se levait.

« Il faut que j'y aille. »

Gabriele sursauta.

« Pourquoi ? Oh, pourquoi ? Reste ! »

Cosette le regarda, une ébauche de sourire se dessinant sur son petit visage fatigué, bouffi de sommeil.

« Mais non ! Comment ferais-je, sinon, pour rentrer à la maison ? Il ne faudrait pas que quelqu'un soit déjà réveillé. Hier soir, je suis sortie en cachette.

– Reste ! insistait-il, têtu. Ne t'en va pas ! Reste avec moi ! »

Cosette sourit encore, tristement.

« De toute façon, c'est toi qui ne restes pas... Allons, tu le sais bien ! »

Et elle n'ajouta rien. Elle finissait de s'habiller, prestement.

« Donc, tu ne restes pas ?

– Je ne peux pas... murmura-t-elle. Il est tard ! Adieu, mon Ariel !

– Adieu. Ou plutôt, non, attends ! »

Gabriele se dirigea vers le coin de la chambre où Crissa avait dormi toute la nuit d'un sommeil agité, peuplé de cauchemars canins. La chienne était éveillée à présent, méfiante. Gabriele se pencha vers elle, détacha le fin collier de cuir noir, aux cabochons d'argent. Il revint vers Cosette, écarta son col, lui attacha le collier autour du cou. C'est à peine s'il la serrait.

« Porte-le, quand tu voudras te rappeler que tu es à moi », lui murmura-t-il à l'oreille.

Cosette effleura le collier du bout des doigts.

« Je le porterai toutes les nuits », murmura-t-elle ; et elle ouvrit la porte, sur la lumière laiteuse de l'aurore.

La porte se referma derrière elle...

Le récit de Cecilia s'arrête ici. Mais je sais aussi ce que fit Gabriele quand il se retrouva seul. Je le sais, en partie, parce que je le connaissais bien : et je suis sûr qu'il s'approcha du lit trop petit, du drap froissé où était restée l'empreinte du corps de Cosette. Il s'agenouilla, flaira, dans cette humidité, jusqu'à retrouver son odeur.

Puis Crissa gronda doucement. Gabriele se retourna vers la chienne inquiète. Il se blottit près d'elle, et il se souvint de la dernière fois où il l'avait fait courir. Je sais qu'il en est ainsi, car il m'en parla le lendemain : et, alors, je ne compris pas comment cette pensée avait pu lui venir. Je me rappelle que déjà, après la course victorieuse, il s'était penché vers la chienne, pour la recouvrir amoureusement de son pardessus. Et je me rappelle surtout combien le lièvre déchiré avait crié, se débattant entre ses crocs, avant de mourir.

« C'est de la cruauté, n'est-ce pas ? Pourtant, nous ne nous en rendions pas compte, alors. Qui, sur cette piste, au milieu de ces chiens fous d'enthousiasme, dans l'ivresse de la victoire, qui pensait au lièvre ? »

Je le répète, sur le moment, je ne compris pas comment ces pensées avaient pu lui passer par la caboche ; ça ne lui ressemblait pas. Aujourd'hui, je sais qu'il s'était aperçu que, finalement, les comptes n'étaient pas justes.

14

Cosala

Gabriele rêvait qu'il se trouvait dans une grotte, et cette grotte était une gare de chemin de fer. Et même, aucune doute possible, la gare de Fiume, surchargée de stucs impériaux et royaux. Mais une fois qu'il y fut entré, Gabriele eut la certitude que, naturellement, c'était le Louvre. Il ne fut pas étonné que le musée se fût transporté à Fiume : après tout, n'y était-il pas, lui-même ? Tout au plus était-il contrarié qu'il ait été transféré dans une gare : c'était à cause de la guerre, évidemment. Mais cette question cessa aussitôt de l'intéresser. En haut du grand escalier blanchissait une silhouette ailée.

« Tu vois, dit-il à la personne qui l'accompagnait. C'est la Victoire. La Victoire de Samothrace. »

L'autre (il ou elle ?) fit une grimace.

« Mais elle est mutilée », remarqua-t-il.

Diable, pensa Gabriele, c'est pourtant vrai. Mais qu'y puis-je, encore ? J'ai fait tout ce que je pouvais. Ce sont les autres qui l'ont mutilée. Du reste, en s'approchant, il vit que ce n'était pas du tout la Victoire, mais la Vénus : celle de Milo, cela va de soi. Pourtant, elle agitait ses moignons, tentant en vain d'attirer l'attention sur les cicatrices qu'elle portait au ventre et aux cuisses.

« Je n'ai pas le temps, objecta Gabriele. J'ai un train à prendre. »

Et, en effet, la locomotive s'avançait en sifflant, dans un grand nuage de vapeur.

Gabriele empoigna ses valises et se dirigea d'un pas décidé vers son compartiment.

Quand je le réveillai, il s'étira en se frottant les yeux. Ils étaient rouges et bouffis, comme s'il n'avait pas du tout dormi.

« C'est l'heure ? » demanda-t-il.

Je haussai les épaules.

« On t'attend pour commencer. »

Moi aussi, j'étais un peu fatigué.

Gabriele regarda autour de lui. Après la signature de l'armistice, il était retourné dormir dans la chambre à coucher de son appartement dévasté : là, à part quelques chutes de gravats, il n'y avait pas eu de dégâts.

« J'ai rêvé que je pliais ma chair comme un manteau, dit-il, pensif.

– Un manteau rose ? Très chic ! » commentai-je. Je ne sais par quel caprice, j'avais l'impression, ce matin-là, qu'il fallait être frivole. Mais Gabriele secoua la tête.

« Elle n'était pas rose. Elle était sans couleur. Puis j'ai rêvé que je l'accrochais à un clou planté dans le mur. Et le mur, lui aussi, était sans couleur. »

Il semblait perdu dans son souvenir. Je compris que, ce matin, il valait mieux ne pas plaisanter.

Il me raconta le reste du rêve : comment ce manteau de chair s'était retrouvé, soigneusement plié, dans sa valise, et le chemin jusqu'à la gare. Puis il regarda vers la fenêtre opaque.

« Il pleut ? demanda-t-il.

– Bien sûr », répondis-je. Cela faisait deux jours qu'il pleuvait à verse.

« Il va falloir s'habiller chaudement, décréta-t-il. Hélas, nous ne pourrons pas avoir de parapluie. »

J'acquiesçai : à la commémoration des morts, les morts des deux camps, le dernier acte public que le gouvernement lui avait permis d'accomplir avant de quitter Fiume, nous ne pouvions certes pas nous présenter sous un parapluie.

« Quel réveil, dit-il faiblement. Dans un monde qui s'écroule, avec toutes les belles choses qui s'écroulent. J'ai l'impression d'être au fond d'un marécage et de devoir faire des efforts angoissés pour remonter à la lumière. Quand j'y parviens, quelle est la lumière que je trouve ? » Il eut un geste dégoûté en direction de la fenêtre. « Incolore, celle-là aussi ! Ou plutôt, corrigea-t-il, couleur de la boue.

– Ça, de la boue, on en aura tant qu'on voudra », commentai-je. Il posa les pieds nus par terre. Il portait un pyjama de laine.

« Il est des jours où l'on meurt plus. Jamais je ne me suis senti mourir comme aujourd'hui, marmonna-t-il. Sens-tu cette odeur ? »

Je reniflai mon uniforme ; j'étais resté un moment sous la pluie, un peu plus tôt, dans le jardin, afin de donner des instructions pour l'automobile.

« C'est l'uniforme. Tu sais comme ça pue quand c'est mouillé », dis-je, en songeant aux tranchées. Mais Gabriele secoua la tête.

« C'est une odeur verte, oui. Ou plutôt verdâtre. Mais ce n'est pas l'uniforme. C'est une odeur de tombe humide qui remonte jusqu'à nous. »

Je commençais à en avoir assez de ce ton funèbre.

« Oh, pour l'amour du ciel ! Nous devons aller au cimetière, tu auras tout loisir, là-bas, de sentir une odeur de tombe. D'ailleurs, dépêchons-nous, on doit nous attendre. Et pendant ce temps, il pleut aussi là-bas sur toutes les têtes. »

Il se renfrogna, puis se leva. Il n'aimait pas faire attendre son public : ne serait-ce que parce que la pluie risquait d'en décider certains à rentrer chez eux.

À demi vêtu, il regarda par la fenêtre.

« Un ciel autrichien, aurions-nous dit autrefois, commenta-t-il en secouant la tête, après avoir contemplé l'eau qui coulait sur les carreaux. Maintenant, nous dirons : un ciel giolittien ! »

Il s'efforçait d'être de bonne humeur, mais nous étions tous abattus, même Italo. Pourtant, en entrant avec le café, il m'avait fait un clin d'œil ; et, à la première occasion :

« J'suis mordu ! J'ai pas fermé l'œil. Vous savez, mon capitaine, c'est pas pour m'vanter, mais c'te fille-là, elle m'rend fou. J'ai bien envie d'l'amener à Rome. »

Après quoi, il se laissa gagner par l'humeur ambiante. Il s'en était allé, tout penaud. Gabriele avait fait comme s'il ne l'écoutait pas, mais, quand Italo fut sorti, il me dit, tout en enfilant ses bottes :

« Tu sais quoi ? Même la volupté ne m'attire plus. Il m'arrive aujourd'hui ce qui m'est déjà arrivé pendant la guerre, à la veille de quelque mission périlleuse. Je n'y crois plus, voilà tout. Comme le plaisir est pathétique dans une chair qui, demain, ne sera plus qu'une outre gorgée d'une eau amère ! »

Son monocle vissé dans l'orbite, il donna un dernier coup d'œil alentour. Nous devions partir le soir même : selon toute vraisemblance, nous ne reviendrions jamais ici. Ma Remington était déjà rangée dans la malle, avec l'adresse de Milan. Le Commandant ne laissait rien, parce qu'il n'avait rien apporté : il n'y avait pas un meuble, pas un bibelot qui n'eût appartenu aux vieux gouverneurs magyars. Ou plutôt, si, il y en avait un, et Gabriele ricana en le soupesant, comme s'il se demandait s'il devait l'emporter ; puis il le reposa, d'un geste brusque. C'était la jatte de céramique avec le paon, peint par Mme Cosulich.

« Tu sais quoi ? » me dit-il en me prenant par l'épaule ; mais ce n'était pas un geste familier, il paraissait plutôt pensif. « Il me semble entendre le cri des choses. Et je sais que je l'entendrai encore pendant des jours, malgré la distance. C'est le dernier tourment. »

Il se lissa la barbichette.

« Ici, au moins, on ne me prendra rien. Ce ne sera pas comme à Cervignano. » Là-bas, où il habitait pendant la guerre, à l'époque de Caporetto, la maison avait été envahie par des officiers ennemis, ravis d'emporter quelques reliques en souvenir. Un lieutenant autrichien, un certain Müller, avait réussi, Dieu sait comment !, à transporter à Vienne quarante coussins de damas rouge. Peu de temps avant, M. Müller avait écrit à Gabriele pour lui demander s'il aurait plaisir à les récupérer. Le Commandant le remercia, mais préféra décliner cette offre.

« C'est trop dannunzien, commenta-t-il. Tu imagines l'effet que ferait l'arrivée à Fiume d'un camion transportant mes quarante coussins rouges ? Que diraient les journaux américains ? »

Je regardai l'heure, il était tard.

« On y va ?

– Un moment encore », me répondit-il. Il ouvrit, les uns après les autres, les tiroirs du secrétaire. Dans l'un d'eux, il prit une petite boîte, qu'il fit disparaître dans sa poche. D'un autre, il sortit un coffret dont il renversa le contenu sur la table avec brusquerie. C'étaient toutes ses décorations : les cinq médailles d'argent, la *Croix de guerre**, les croix serbes, françaises, russes. La dernière à tomber fut la médaille d'or. On la lui avait décernée après la guerre, et ça ne lui avait pas fait plaisir. « Ça ressemble à une mise à la retraite ; ou, pis, à une décoration posthume », m'avait-il expliqué. Et dire qu'il s'était démené pour l'obtenir ! Lorsque, après le vol sur Vienne, on lui en avait donné une d'argent, il l'avait fourrée avec rage dans un tiroir, en s'exclamant : « Reste là-dedans tant que tu ne te seras pas transformée en or ! » Mais ce goût aussi lui était passé.

« Je ne veux plus en entendre parler, marmonna-t-il. Tu ne trouves pas que cette quincaillerie est tout bonnement ridicule ? »

Il s'approcha du poêle, ouvrit la porte. Le poêle tirait, le petit Averne de braises rougeoyait. Il prit une poignée de décorations et les jeta dans le foyer. Il ramassa les dernières, qui connurent le sort des autres ; puis il referma la porte.

« Voici le couronnement de la gloire ! » dit-il.

En sortant, je voulais demander à Italo d'aller ouvrir le poêle et d'y récupérer les médailles, mais je ne le trouvai pas, il devait être en train de susurrer ses dernières paroles à sa « gamine ». Dieu sait ce que ces médailles sont devenues.

En descendant le grand escalier, Gabriele me demanda, tandis qu'il enfilait ses gants :

« J'ai fière allure ? »

Je l'observai. Il avait vieilli, mais il avait toujours son aspect martial.

« Excellente, dis-je.

– Tant mieux ! soupira-t-il. Tu sais, tout le monde sera là pour me juger. Y a-t-il au monde quelqu'un qui ait été plus jugé et condamné que moi ? Quand je serai mort, j'imagine qu'un congrès de juges asticots se réunira sur ma dépouille avant même qu'on l'ait mise en bière. »

Il pleuvait au cimetière de Cosala. Une foule immense était rassemblée là, et de cette multitude de manteaux et de vestes humides montait une vapeur dense. La pluie tambourinait sur les casques de la garde d'honneur et dégouttait des silhouettes sombres des cyprès. Un gros prêtre dit la messe des morts, et il fallut se découvrir, tandis qu'il psalmodiait dans son latin qui sentait la lampe et le séminaire. Heureusement, la pluie cessa avant la fin de la messe ; mais un vent glacé soufflait de la montagne. Le Commandant prononça quelques paroles laborieuses ; il se tenait là, enveloppé dans son manteau noir de grand uniforme, avec ses étoiles brillantes, son crâne chauve luisant de pluie, et il toussait de temps en temps. Il avait dû se forcer pour l'écrire, ce discours, et l'inspiration n'était pas venue ; il n'avait aucune envie de parler d'embrassades et de réconciliation. Même les morts, pour une fois, ne l'avaient pas inspiré : lui qui s'était pourtant toujours plu en leur compagnie. « Au lieu de pourrir au milieu des morts, je voudrais reprendre mon aile fidèle de Vienne et descendre parmi les Albanais du Kosovo pour combattre le Serbe et quérir le beau trépas que le destin me doit », avait-il dit dans l'automobile, sur la route du cimetière.

Quand il eut fini de parler, il baissa la tête et, en silence, fendit la foule qui s'ouvrait devant lui. Presque au bord, perdue au milieu d'un groupe de femmes du peuple, avec son petit manteau noir, se tenait Cosette. Même sans son monocle, Gabriele passa si près d'elle qu'il ne put pas ne pas la voir. Elle était fatiguée, les paupières gonflées de sommeil. Le Commandant ne pouvait pas s'arrêter, mais leurs yeux se rencontrèrent : et il ralentit le pas, comme s'il avait trébuché. Il vit le petit visage amaigri et creusé, le regard apeuré, les lèvres sèches. Vite, Cosette écarta le foulard qu'elle avait enroulé autour de son cou, et désigna le collier de la chienne qu'elle portait dessous. Puis, avant que l'une ou l'autre des femmes qui l'entouraient n'ait eu le temps de s'en apercevoir, elle le fit disparaître sous la soie. Gabriele était déjà passé, pétrifié.

Il s'arrêta à la sortie du cimetière.

« Quand je pense qu'il faudra que je me réveille demain, et après-demain, et toujours ! » murmura-t-il. Sa voix était étouffée, son visage livide et effrayant. Il n'avait pas encore soixante ans, il en paraissait dix de plus.

C'est alors qu'un légionnaire se détacha de ses camarades et nous rejoignit. C'était Faussone.

« Mon Commandant », dit-il respectueusement. Gabriele le regarda comme s'il ne le reconnaissait pas.

« Légionnaire Faussone Giacomo au rapport », énonça l'autre. Comme Gabriele se taisait, c'est moi qui lui répondis.

« Parle, lui dis-je.

– Tout est terminé », reprit-il en baissant soudain la voix. L'œil à la paupière tailladée était gonflé et à demi clos, comme si la cicatrice s'était brusquement rouverte. Ce n'est pas le genre de visage que j'aurais aimé rencontrer la nuit, dans un coin sombre, dans le quartier de Porta Ticinese.

Gabriele retrouva un peu de vivacité.

« Tout est terminé, hein ? répéta-t-il.

– Oui, monsieur, confirma Faussone.

– Les cinq ? murmura le Commandant, avec un filet de voix cassant comme du verre.

– Oui, monsieur.

– Et l'Italien aussi ?

– Oui, monsieur.

– Où ça ?

– Là-bas. Dans le puits. »

Gabriele eut un sourire spectral.

« C'est juste, approuva-t-il. Il tendit la main à Faussone. Je ne t'oublierai pas, dit-il. Le jour viendra, peut-être, où l'Italie et moi aurons de nouveau besoin de légionnaires. »

Je me demandai s'il y croyait vraiment.

« Mon Commandant, dit Faussone avec rigidité, après lui avoir serré la main. Il n'y a qu'une chose. C'est que j'ai fait venir un *camio* de béton (il prononça bel et bien le mot ainsi, un *camio*) et j'ai bouché le puits. Comme ça, personne ira y fourrer son nez.

– Très bien, approuva Gabriele.

– Seulement, le *camio*, c'est moi qui ai dû le payer, et ça faisait vingt-cinq lires, conclut Faussone. Comment je dois faire pour être remboursé. »

Gabriele fouilla ses poches d'un geste royal ; mais il n'en sortit qu'un billet de cinq couronnes, surchargé d'inscriptions ostrogothes. Il l'examina d'un air dubitatif, puis le remit dans sa poche.

« Envoie-moi la note, et nous verrons », dit-il en lui donnant une tape sur l'épaule ; et il s'engouffra dans l'automobile.

Devant le grand escalier du Palais, Italo était en train de charger les malles. Il ne pleuvait plus, mais l'eau giclait du gravier chaque fois qu'un talon de botte s'y enfonçait. Gabriele marchait de long en large, de très mauvaise humeur, en fumant une cigarette. J'aidai Italo à charger les bagages. Du coin de l'œil, je vis que, en rangeant son briquet dans sa poche, Gabriele y avait trouvé un morceau de papier, et il le dépliait en plissant le front. Quand il vit de quoi il s'agissait, il découvrit ses dents en grimaçant, fit une boulette du papier et le jeta au loin. Avec l'excuse d'aller chercher un dernier sac, je précédai Italo, qui avait tout vu, comme moi, et mis la boulette dans ma poche. Je la dépliai le lendemain, alors que je défaisais mes bagages, dans ma maison de Milan. C'était une feuille de papier à en-tête, avec le blason de la Régence du Carnaro : les étoiles de la Grande Ours, et la devise « Quis contra nos ? » Sur ce papier, le Commandant avait ébauché, aussitôt après la signature de la reddition à Abbazia, le discours qu'il voulait prononcer au dernier rassemblement de légionnaires, le matin du 1er janvier, à la veille de la cérémonie de Cosala. Je m'assis dans un fauteuil et lus.

C'est une belle nuit funèbre, ô mes compagnons. Là-bas, vers le soir, fut proprement perpétré l'assassinat de la ville. La ville assassinée ne hurle plus, dans son obscurité immobile, sous la pluie molle.

Bizarrement, j'eus la certitude d'avoir déjà entendu ces mots. Mais où ? Soudain, je me rappelai. Gabriele les avait prononcés à propos de l'autre assassinée, la malheureuse fille du puits. Je ricanai. Il était extraordinaire, il ne laissait jamais rien perdre.

J'allumai une cigarette et poursuivis ma lecture. Seuls quelques repentirs et quelques ratures distinguaient ce texte de celui que Gabriele avait prononcé le premier de l'an sur la place de Fiume, tandis que le vent de la montagne nous soufflait au visage de maigres flocons de neige. L'entrevue qui s'était déroulée, la veille, entre Caviglia et lui, y prenait le relief macabre d'une gravure de Callot.

> *Au moindre signe de protestation, le négociateur répétait froidement : « Et je donne l'ordre de tirer. » Et, comme une nuit lugubre tombait, dans l'encadrement de la fenêtre, je vis paraître le navire exécuteur, en route, avec ses canons, vers la ville haletante de froid et de faim, vers la chair palpitante des mères attendant le coup...*

Un tel froid se dégageait de ce papier que je frissonnai et me levai pour aller toucher les radiateurs. Ils étaient chauds. Dans les dernières lignes, Gabriele avait voulu placer un couplet d'espérance ; mais ces mots encore étaient froids et cassants comme des glaçons.

> *C'était le dernier jour de l'année. Oui, bientôt s'achève cette année de douleur et d'horreur. Bientôt commence la nouvelle année. Déjà, elle est à nous. Elle nous appartient déjà. Ce sera notre année magnifique. Jetons cette nuit un alalà funèbre sur la ville assassinée. Et puis restons en silence et gardons les yeux ouverts dans l'obscurité...*

Bien sûr, je le fis encadrer. Pendant des années, je l'ai eu sur mon bureau, dans un sous-verre. Puis, un jour, juste avant la guerre, chez des amis, en présence de Son Excellence Muti, il se trouva que je fis allusion à cette relique. Muti dressa les oreilles, déclara que, lui aussi, il avait été légionnaire à Fiume, et qu'il aurait eu plaisir à la voir. Je dus l'inviter chez moi, et il me fit comprendre très clairement qu'il souhaitait acquérir ce papier, et qu'il n'accepterait aucun refus. Il m'en donna néanmoins un prix très convenable ; et il acheta également le mouchoir que je lui proposais aussitôt, imbibé du sang du Chef et soigneusement conservé depuis lors : non pas dans un reliquaire, mais dans une enveloppe de papier. Cet argent m'a été fort utile quand je me suis retrouvé, moi aussi, dans de beaux draps, comme tout le monde de nos jours, hormis les profiteurs de guerre et ceux qui font du marché noir. Au demeurant, s'il était resté là, sur mon bureau, il aurait été détruit avec toute la maison lors des bombardements : ainsi, tout est bien qui finit bien.

De tous les livres et objets ayant appartenu à Gabriele qui, d'une manière ou d'une autre, me sont passés entre les mains, il ne m'en est resté qu'un, ou plutôt, en vérité, je ne l'ai que depuis peu de temps. Cecilia a été transférée je ne sais où, elle n'a même pas eu le temps de me saluer, mais, hier, j'ai reçu un paquet qu'elle m'avait envoyé avant de partir. C'était un paquet banal, recouvert de papier marron, expédié par poste ordinaire ; je l'ai ouvert, il contenait le volume du *Théâtre* de Marlowe, celui-là même que le Commandant avait dans sa chambre, à Fiume, et un billet :

Il me l'a offert la dernière fois que nous nous sommes vus, mais là où je vais à présent je risque de le perdre. Conserve-le-moi, tu veux bien ?

À peine l'avais-je en main que le livre s'ouvrit au fameux passage de Méphistophélès et Faust, celui que Gabriele se plaignait de ne pas réussir à traduire.

FAUSTUS : *How comes it then that thou art out of hell ?*
MEPHOSTOPHILIS : *Why, this is hell, nor am I out of it.*

Mais il n'y avait rien de surnaturel à cela : la page avait été cornée, une habitude que Gabriele a toujours eue en horreur, et, en marge des deux vers, je lus ces mots, qui étaient de la même écriture que le billet :

Ce n'est pas moi qui suis sorti de l'enfer, c'est toi qui es dedans, mais tu ne le sais pas.

Évidemment, cette nuit-là, ils avaient longuement parlé de ce distique, et de ce qu'il signifiait vraiment, mais, cela, aucun d'eux ne me l'a jamais raconté. Quoi qu'ils aient pu trouver dans ce livre, ils ont préféré le garder pour eux.

Salo, novembre 1944

TABLE DES MATIÈRES

MIS EN PAGES
PAR DV ARTS GRAPHIQUES À CHARTRES

CET OUVRAGE
A ÉTÉ ACHEVÉ D'IMPRIMER
SUR ROTO-PAGE
PAR L'IMPRIMERIE FLOCH À MAYENNE
EN JUIN 2007

Éditions du Rocher
28, rue Comte-Félix-Gastaldi
Monaco

Dépôt légal : août 2007
N° d'édition : CNE section commerce et industrie
Monaco : 19023
N° d'impression : 68457
Imprimé en France